怪談生き地獄

現代の怖イ噂

エブリスタ 編

竹書房怪談文庫

目次

※本書は、小説投稿サイト〈エブリスタ〉が主催する「怖い噂」コンテスト応募作より優秀だった作品を中心に編集し、一冊に纏めたものです。

怪談　生き地獄

現代の怖イ噂

フリマアプリ

砂神桐

金がない。働けど働けど、出て行くばかりで手元には金がない。

そうぼやいていたら、羽振りのいい友達がとあるフリマアプリを紹介してくれた。

でも、俺の持ってる物なんて二束三文のガラクタばかりで、出品の手間を考えたらむしろ損をするくらいだ。

その訴えに友達は、自分も実行しているという裏技のことを教えてくれた。

なんでも、とあるサイトのアプリをインストールすると、持ってるスマホ本来のアドレスや電話番号とはまったく別の、新規のアドレスなどを同じスマホで取得できるらしい。

その架空アドレスを使って別人としてフリマサイトに登録し、拾い物の画像でいいから見て『人形』と判る写真を出品欄に掲載する。つける値段は一万円。その際商品名を、でっちあげでいいからどこにでもありそうな人名にしておくと、そこに購入申し込みが来るというのだ。

もちろん出品されているのは手元にない品だから、希望があっても売ることはできない。だけどそのことは隠し、購入希望者に連絡を返すと、向こうは出品した『商品』の状態などを事細かく聞いてくる。その際、手元に存在しない人形の状態ではなく、自分の今の健康状態を返信すると、数日後に購入希望は取り下げられるが、時間を取らせた手間賃として数万円分のポイントがアプリサイトに加算されるのだという。

ちなみにその時得たポイントは普通に使えるため、色々欲しい物を手に入れられるし、何ならその品を売り払って換金することも可能だそうだ。

この話が本当なら金なんて稼ぎ放題だ。

色めく俺に、友達はふいに険しい顔を見せ、絶対にしてはいけないという二つのことを語った。

一つは、本来のアドレスや電話番号、そして本名を決して表に出さないこと。

もう一つは、月に二度までしかこの方法の『出品』をしてはいけないということ。

友達自身も他の知り合いから聞いたことなので、理由は判らないようだったが、何しろやっていることがそもそも怪しいので、色々と制約があるのだろうということは理解できた。

人身売買めいてはいるが、そもそも出品するのは『人形』だし、こちらが無理矢理金をよこせと言っている訳でもない。

聞いた限りは、あくまで何度かのやり取りの後、相手が勝手に、金ではなくサイトのポイントをくれるというだけの話だ。

いわば高収入のアンケートに運よく答えただけ。上限は月二回だし、掲載画像を自分でどこかで撮影すれば、犯罪行為に当たりそうな部分はないから、あまり気にしなくてもいいだろう。

欲に目がくらみ、俺は、家に帰るなりさっそくアプリをダウンロードして、言われたとおりにフリマアプリのサイトへ偽名を登録した。

さて、出品だ。まずは写真を用立てないと。でもこれは、たまたま部屋にかけてあるカレンダーの写真がどこかの国の人形だったから、これを使えばいいだろう。

後は写真に添える適当な名前か。

本名は出すなということだが、アプリが作った偽名も、登録者名が出品した品と同じというのも妙だから、やめておいた方がいいだろう。

山田太郎とか鈴木一郎とか、役所の、書類の書き方見本欄にあるような名前でいいのかな。

そこだけはなんとなく気になって、たまたま思いついた有名人の名前を混ぜて入力してみた。

これで本当に購入希望の問い合わせが来るのだろうか。

ドキドキしながらスマホを見つめていたが何の反応もない。

さすがに掲載してすぐ反応するなんてないか。とりあえずしばらく様子を見てみよう。

そう思ってから三日後、出品に反応があった。コメントを見てみると、写真の品をぜひ買いたいと申し出てきている。

購入希望者が本当に現れた。

この次は何をするんだったっけ……ああ、そうだ。まず返信するんだ。

コメントありがとうございます。当品を本当にご希望ですか？

この程度の文章で構わないって聞いた。

それを送信して数分。相手からの返信は早かった。

購入の意思は固いが、商品の状態が気になるので詳細を伝えてほしいと書いてある。

これには、理由は判らないけれど、現在の俺の健康状態を書いて送ればよかった筈だ。

健康状態と言われても、何をどこまで書けばいいのか判らなかったので、身長と体重に血液型。平均的睡眠時間と喫煙や飲酒の有無。後は、ここ最近でいつ医者に行ったか、程度のことを書いた。

これで本当に数万相当のポイントが得られるのだろうか。

やることがあまりにもたやすすぎたため、俺はそんな疑いを持ったが、数日後、確かにフリマサイトには円換算で数万円相当のポイントが加算されていた。

本当だった。どういう仕組みなのかは知らないけれど、これは無尽蔵に金を稼げるシステムだ！

もちろん月二回という制約はあるけれど、だとしても、一月に数万円の臨時収入があるのはありがたい。

とはいえまだ疑いは残っていたから、そこから半年ばかりは慎重にアプリを扱ったが、おかしな点は何もなく、俺はこのアプリを金蔓と認定し、月二回の作業に熱を入れた。

でも最近、それが惰性になってきたのは否めない。

金と同等のポイントが入るのはありがたいけれど、それが当たり前になりすぎた気がする。

月二回だけだというのに、掲載した人形の写真に添える偽名を一回置きに同じにしたり、アンケートとしか感じられない問いかけにも、ひたすら健康としか返さなくなった。

むしろそれさえ面倒だから、いっそ何も聞かずポイントだけくれよ。

次第にそう思うようになり、最初の頃は真剣だったのに、最近は、酒を飲みながら返信に対応する状態だ。

はいはい。掲載写真に書き込みがありました。見れば内容は購入希望。いつも一緒だ。でも『全部前と同じで』という訳にはいかないから、いちいちまず返事をし、相手からの返信を待つ。そこに毎回ほぼ同じことを書いてまた送る、ということをしなくちゃならない。

そりゃ、その手間省いてくれよとなるだろう。

でも今日の返信メールは様子が違った。

『購入を希望します』

いつもならメールのやり取りを数度して、健康診断アンケートに答えさせられるのに、最初の購入希望メールに返信をした後の反応がない。

アドレスはいつもの相手だ。適当に掲載した人形の写真に本当に食いつき、本気で買おうと思った別人ではない。

面倒なやり取りを省きたいという、俺の考えがついに叶ったのか。

お気楽にそう思い、俺はそれ以上相手に連絡は取らなかった。

そして翌日。サイトを見ると、俺の出品が落札されたという通知があった。

買い上げられたということは、今回はサイト経由で直接金が振り込まれるということか。

だけど値段は一万円。いつもより金額が少ないから損をした気分だ。

売らずにアンケートの方がよかったかな。でも返事をしなかったのは向こうだから、俺の方からあれこれ言ったりできないし。

このシステム、今後も続行できるんだろうか。同じことの繰り返しで面倒に感じてたけど、これだけのうまい話がなかったことになるのは惜しい。

今夜もう一度、同じ要領で人形の写真を掲載し、様子を見てみよう。

とりあえず仕事に行ったが、頭の中はフリマアプリのことでいっぱいだ。そのせいでいくつかミスをしてしまい、自分のせいだが残業をする羽目になって、俺はいつもよりかなり遅い時間に帰宅した。

へとへとだが、どうしても気になるのでフリマアプリを起動する。その瞬間、こんな時間だというのに誰かが部屋のドアを叩いた。

「昨日落札した商品を受け取りにまいりました」

扉の外からそう声が続く。でも俺の頭は混乱していて、その声に返事ができなかった。

落札商品……つまり写真の人形を受け取りに来た？　でもあれは存在しない品で……というか、どうして俺の家が特定されてるんだ？

フリマサイトへの登録は偽名。俺の個人情報は何一つ外には洩れてない。なのに家に押しかけられるなんて、何がどうなってるんだ？

「出品商品『○○○○』。落札いたしましたので受け取りにまいりました」

商品名に続いた言葉が俺の意識に刺さった。

名前……俺の本名がバレている。でも何で……！

とあることに思い当たり、俺は起動したフリマアプリの落札済み商品を見た。

人形の写真にはいつも適当にありそうな名前を書き込んでいるが、昨日は商品名の欄に俺の本名が記されている。

昨日はかなり酔った状態での出品作業だった。だからついうっかり、商品名に一番書き慣れた自分の名前を書き込んでしまったらしい。

これって、俺が買われたことになるのか？　だけど掲載した写真は人形で……。

「『○○○○』さんの身柄を受け取りにまいりました」

相手の中では、俺が『商品』であることは確定しているらしい。

冗談じゃない！　今まで確かに、金に換算したらそれなりの額になるポイントをもらってきたけど、自分を売るなんて真っ平だ。

そもそもこんな、人身売買なんて犯罪行為、許されることじゃない。警察に言うと訴えて帰ってもらおう。

いきなり扉を開けて、そこに屈強な大男でも立っていたら敵わないので、まず扉の覗き穴から外を見た。

あれ？　誰もいない。確かにノックされ、外から声をかけられたのに、全部気のせいだったのか？

そう思いながらも外を窺っていると、覗き穴の向こうには人影など見えないのに、再び扉が叩かれた。

ギリギリ足元まで見えてるから、誰かが隠れているとかじゃない。扉の外に人はいない。だけど確かにノックは聞こえた。

そして、声が続く。

「『○○○○』さんを受け取りにまいりました」

……今になって、フリマアプリを使ったうまい話総てが罠だと思い至った。

ターゲットは、今の俺のように、どんな形だとしてもうっかり本名を明かしてしまう奴。

おそらく、本人が自ら自分の名前を明かすことで、それがどこの誰か特定することは可能になるのだろう。

散々聞かれた健康状態は、いつかそんなうっかり者の現在の状態を知るためのものだろう。

金に目がくらんで、最終的に、うっかり自分を商品登録してしまう愚か者。そういう奴を買い上げて、この、見えない何ものかはどうするつもりなんだろう。

もう商品は落札された。多分対価もすでに振り込まれているだろう。それを俺が確認することはないだろうけれど。

「『○○○○』さんの受け渡しを要求します」

怖くて仕方ないのに、そんな言葉を聞き入れたくなんてないのに、手が勝手にドアノブへ伸びていく。

鍵を外す。ノブを掴んで回す。そして俺は、ゆっくりと部屋の扉を開けた。

おまじない。

はじめアキラ

ネットニュースを見て、私は深くため息をついた。ここ最近、嫌なニュースが続き過ぎてやしないだろうか、と。

——コンビニにクレーンが突っ込んだって……うっわ、酷いな。高校生の男の子が、両足切断の大怪我って、可哀想……。

他の客やクレーンに乗っていた運転手は軽傷だったのに、たまたま雑誌を立ち読みしていた男の子だけが重傷を負ってしまったのだそうだ。両足切断——当然、二度と戻ることはないだろう。数日前にも、女子高生が降ってきた硝子の破片で両目を失明する大ケガをした、みたいなニュースを見かけたばかりである。

本当に大丈夫なんだろうか、今年は。ただでさえ大災害が多かったというのに、年の暮れになってこんなに悲惨な事故が連チャンするなんて、正直呪われているとしか思えない。

——日頃の行いが悪いとかなんとか言う人もいるけどさ。事故だよ事故。そんなもん、行い次第で回避できるもんじゃないでしょうに。

カフェで一人、携帯を弄りながら思う。同じ高校に通う友達との待ち合わせ。ここカフェは駅に近いことと、若者向けのお洒落で安価なメニューが人気であることから高校生や大学生の客が少なくない。一人メシがあまり得意ではない私が、此処のケーキに限り一人でも食べに来るのだからつまりそういうことである。安くてお洒落でしかもお菓子が美味しいともなれば、若者に人気が出るのは当然だ。おまけに駅チカ。いいとこ取りとはよく言ったものだ。

尤《もっと》も今日は——あまり楽しんで食事をすることは出来ないのかもしれなかったが。

「ごめん、奈都《なつ》。遅くなっちゃった」

ん、と顔をあげれば——待ち合わせ相手の友人である鈴子《すずこ》が立っていた。中学時代からおまじない。

の付き合いで、中学高校と同じ吹奏楽部に通っている友人である。運動音痴の私とは違って、頭も良ければ運動神経も悪くないのが鈴子だ。何をやってもソツなくこなせるし、それでいて明るく茶目っ気のある性格でみんなの人気者である。

ついでに言えば見た目も可愛い。無駄ににょきにょき身長が伸びてしまった私とは違い、小柄ですっきりと綺麗に痩せている彼女。——実はひそかに告白されまくっている事を私は知っているのだ。好きな相手がいるからと、その告白を断りまくっていることも。

「ん、いいよいいよ、気にしないで。ほら座りなよ。鈴子もまず何か頼んだら？　甘いもの食べれば落ち着くから」

「うん……」

その鈴子が、だ。今は別人のように真っ青な顔をして、口数少なくなっている。椅子に座るその動作だけでも覚束ないというか、酷く頼りないものに見える。もしかしたら、ここ最近はろくにご飯も食べてないのではないだろうか。——なんせ、この三日間、彼女は部活はおろか学校も休んでしまっているのだ。

『ごめん……ごめん奈都。どうしても、相談したいことがあるの……ひとりで、耐えられそうになくて……っ』

昨日、急に電話でそう言ってきた鈴子。一体何があったと言うのだろう。いつもの明るく元気な鈴子と、目の前にいる青ざめて痩せた鈴子がまるで繋がらない。それこそ、オバケにでも乗っ取られてしまったかのようだ。

「相談したいことって、なに？　顔色、めっちゃヤバイことになってるけど」

メニューを渡したものの、明らかに目が泳いでいる鈴子を見かねて声をかける。さっさと本題に入った方が良さそうだ、と判断したためだ。彼女は少しばかり視線をさ迷わせて——やがて、意を決したように告げた。

「奈都は、さ」

「うん」

「おまじないとかって、あんまり、する方じゃない……よね？　そういうの信じてなさそうな気がするんだけど……」

おまじない？　私が眉を顰《ひそ》めて問い返すと、こくり、と頷く鈴子。

おまじない。

「もう、五年も前なんだけど。何でも叶うおまじないが書いてあるんだって……そんなサイトがあるって、SNSで拡散されてきたことがあって、さ。そこ、覗いてみたことがあるの。その時まだ中一でさ。クラリネット始めたばっかで全然上手に吹けなくて、すっごく悩んでたんだよね。おまじないでもなんでもいいから縋りたい気分だったの。SNS上でも、すっごくよく効くおまじないだって評判だったしさ……」

昔から鈴子はそういうところがある。流行や、人の言葉を鵜呑みにしてしまいがちなのだ。SNSで流れてくる情報などにもついつい振り回されてしまい、間違った知識を覚えて右往左往しているのをよく見かけるのである。ややこしいフェイクニュースが多いのもあるが、ようはそれだけ彼女が純粋ということでもあるだろう。

しかし、と私は思う。

そんなおまじないなんてものに頼らなくても、鈴子はクラリネットが天才的に上手いのに、と。

「鈴子でもそんな風に悩むことがあったんだねえ。先生も絶賛するほどのクラの天才が」

「天才なんかじゃないよ。私がクラリネットが上手くなったのは、完全におまじないの結果であって私の力じゃないから……」

「またまた」
「本当だよ奈都！　私は……おまじないをやってから急にクラリネットが上手くなったんだから！」
俄に信じがたい話だが、少なくとも鈴子はそれを真実だと信じているらしい。ここで否定して、ご機嫌を損ねるのは得策ではない。とりあえず、それで？　と優しく続きを促してみることにする。——まあ、話が逸れた結果、先にネタバレを聞いてしまった気はするのだが。

「そのサイトには、四つの呪文が書かれていてね。呪文を唱えながら供物を用意してお願い事を呟くと、願ったことが確実に現実になるっていうの。SNSでもすっごく噂になってた。そのおまじないをやると、お願いが数日で叶ったって。……やり方は割愛するね。教えない方がいいと思うし……そもそも私もやり方をきちっと覚えてる訳じゃないから。ただ、私が書いてあった呪文のうち一つを使っておまじないをして……お願い事を叶えたってことが重要なの。私はおまじないを知って、それから数日で急に先輩たちの誰よりも上手にクラリネットが吹けるようになったのよ」

おまじない。

そういえば、と私は思い出す。初心者だったはずの鈴子が、数日で急に上達してきたことがあったな、と。連休の後であったたし、てっきり猛特訓してきた成果が出たのかと呑気に思っていたのだが——。

「噂は本当だった！　このおまじないはガチで効くよ！　って私もびっくりして大喜びして……他の人と同じようにリツイートして、拡散したんだよね。そのおまじないと、サイトの話。えっと奈都、私のアカウントフォローしてたよね、覚えてない？」

「あー……ごめん、よく覚えてないや。殆どROM専だったし、面白そうな人や企業は片っ端からフォローしまくってた時期だから、きっとすぐ流れちゃったんだと……」

「……そっか」

本当だ。自分は全く、それらしい鈴子のツイートに覚えがない。

「まあ、いいや。……それでね、奈都」

彼女は固い表情で話を続けた。

「……ちょっと考えれば、おかしかったんだよね。何の対価もなしにさ、好きなお願いが何でも叶うって……やっぱりちょっと、おかしいよね」

「え？　う、うん……まあ」

「対価。やっぱり、あったの。おまじないの呪文、全部は覚えてないけど。確かこんな感じだったはず。……平仮名で全部書いてあったから、あの時はすぐに気がつかなかった」

〝おねがいします　おおかげさま
あなたのための　くもつはここに
おねがいします　おおかげさま
あなたのための　にえならここに

おねがいします　おねがいします
わたしのこのてのかわりにどうか
おねがいします　おねがいします
とどけてください　わたしのこえを〟

「……それって」

唄うように紡がれた詩に、私は目を見開く。なんとなくこっくりさんに似てると思った

おまじない。

のは――気のせいではあるまい。

「おまじないというより……何かのヤバイ儀式っぽくない？」

「おまじないは、儀式だよ。だって〝まじない〟と書いて〝のろい〟って読むんだから」

カタカタ、と。メニューを握ったままの、鈴子の手が震えているのが見えた。

「お願いは叶ったの。叶ったから……私は、私たちはその代金を支払わないといけない。私たち、バカだから全然それに気づいてなかった。みんな気付いてなかったの。お願いが叶うのは数日後でも……対価を取られるのは、五年後だったから」

五年後。まさか、と私は思う。

鈴子は一番最初に言わなかっただろうか。――これは、五年前の話であると。

「最近のニュースは……事件を、全部拾えてないの。もっと増える……これから増えるよ。噂はどこまでも広がって、なにも知らないたくさんの人が手を出してしまったから。……五年後に、儀式で〝賭けた〟ものを奪われるとも知らないで」

彼女の眼に、じわり、と涙が浮かんだ。そんな馬鹿な、と思う。最近頻発している不幸な事故の数々は——何者かの作ったまじないと、その対価のせいだとでも言うのだろうか。

「どうしよう、どうしよう奈都。私やっと、やっとこんなにクラリネット上手くなったのに。ソロパートもいっぱい任せてもらえるようになったのに。……そのぜんぶ、ダメになったらどうすればいいの？　どうすれば……」

どがぁぁん！

ぐしゃ、ぼき、ごき。

「……え？」

おまじない。

それは一瞬の出来事だった。向かい合って座っていたはずの彼女の体が、まるで紙切れのように吹っ飛ぶのが見えた。次の刹那、私の目の前の机を吹き飛ばして視界を塞ぐ大きな車体。――カフェの窓に、トラックが突っ込んできたのだと気づくのは――数秒後のこと。

そして。

「ぎゃあああああああああああああああああああああああああああああああああああああああ！！！」

トラックの向こうから、つんざくような悲鳴が聞こえた。

「いだ……痛い痛い痛い痛い痛い痛い痛い痛い痛い痛い痛い痛い痛い痛い痛い！　助け

てっ、助けてええええええええ!!」
「す、鈴子っ!!」
濁ったような、喉を引き絞るような絶叫。私は慌てて立ち上がり、トラックの後ろをぐるりと回って彼女の方へと向かった。私自身は飛んできた破片で少し怪我をしただけだ。
しかし、彼女は。

「てが……っ……わ、わたし、のて、てっ……!!」

彼女は両腕を――車の前輪に巻き込まれて、激痛にのたうち回って苦しんでいた。一見すると彼女がタイヤの間に腕を差し込んでいるだけのように見えるかもしれない。でもその下から――真っ赤な血と、肉と骨の断片がじわじわと流れ出してきたともなれば――その腕がどんな状態かなど言うまでもない事だろう。

――あぁ……そんな、そんな!

私は嫌でも理解させられることになる。吐き気を堪え、割れた破片と血でまみれた床におまじない。

座り込み、ぐるぐる回る頭で結論を出したのだ。

——彼女の両腕は持っていかれた……噂の儀式の通りに、その願いの対価に……。こんな、こんなことってあるの、ねえ……!?

彼女の腕は、二度と元には戻らない。せっかく上手くなったクラリネットを持つことも、もうできはしない。

そしてきっと。——噂はさらに次の噂を呼ぶのだろう。拡散され、真実を誰も知らぬまま——悲劇は繰り返されるのだ。

——楽に強くなったり、何もしないで手に入れられる幸せなんてどこにもない……。

誰もがわかっているはずのことを、私たちは再び繰り返すのだ。

——手に入れられたとしたらそれは……人の魂にさえ等しい程の、大きな代償を支払う羽目になる。

鈴子は泣いている。まだ救急車は来ない——助けられる者は現れないのだろう。
彼女の腕が、現代の医療ではけして治療できない状態になるまでは。

おまじない。

氷の煙

びー

三連休に入る前日の夜。

渡辺裕介《わたなべゆうすけ》は、にやけ顔をテレビ画面に向けていた。

(いやーやっぱりハルカちゃんかわいいよな……！　あんな彼女がほしい……)

時刻は午前三時を過ぎている。テレビでは深夜アニメのエンディングテーマが終わり、番組が切り替わるところだった。

(でもあの子、女の子が好きだしなー……いやいや、妄想だったら別になんでもアリ……)

裕介は、脳内であらぬ妄想を育てる。そんな彼の耳に、これまでとは全く毛色のちがう音声が入り込んできた。

〝野菜不足に悩むみなさんのために、スペッシャルな商品をご用意いたしました！　それがこの『菜皇《さいこう》』！　この一杯の中に、一日に必要な栄養がすべて入っております！〟

それは健康食品を売る、通販番組のアナウンスだった。

テンションの高さに全振りしたその声は、妄想世界の構築を完了させつつあった裕介の気分を台無しにしてしまう。

(うるっせぇ)

彼はいら立った顔でリモコンを持つと、テレビを消した。

連休前の深夜ということでまだ遊び足りない気持ちはあったが、通販番組のおかげで白けてしまったせいもあり、そのまま寝ることにした。


翌日、連休一日目。

昼前に起き出してきた裕介は、玄関で何やら話し声を聞いた。

「はーい、ありがとうねえ」

「あざっしたー」

(……宅配か？　ばあちゃん、何か買ったのかな)

歯磨きを終えた後、裕介はそのことについて祖母のトメに尋ねた。すると彼女は、どこか誇らしげな顔で彼に小さな袋を差し出してくる。

それを受け取った裕介は、袋に大きく『菜皇』と書かれているのに気づいた。

「え……！」

寝る前に少しだけ目にした通販番組の商品が、今自分の手元にある。そのことが、彼に驚きの声を出させていた。

そんな孫に、トメは得意げな口調で言う。

「あたしを含めて、この家の連中はみんな野菜嫌いだからねェ……ちょっと奮発してみたんだよ」

「ばあちゃん、これ買ったの？」

「ああ。もともとこういうのには頼らないクチだったんだが、ツルさんにオススメされたのもあってね」

「ツルさんが？」

「それよりごはん食べるんだろ？　用意するからさっさと座りな」

「う、うん……」

濁った声を返しつつ、裕介は小袋を見つめる。『菜皇』の文字は毛筆のようなフォントで書かれており、堂々とした力強さを彼に感じさせた。

昼食の最後に、裕介は『菜皇』を飲まされた。

それは緑色の粉末であり、水かぬるま湯に溶かして飲むものだった。

（そんなに……マズくない）

青っぽさをわずかに感じるくらいで、苦味や渋味はほとんどない。緑茶のような口当たりだった。

飲みやすいと感想を伝えると、トメは嬉しそうに微笑んだ。

その後、夜ふかし特有のだるさを体に感じながら部屋に戻った裕介は、スマートフォンで友人とだらだら話をする。

そんな中、ある噂が話題にのぼった。

〝そーいや、お前んとこも買ったって言ってたな。『菜皇』〟

「ああ。思ったよりうまかったよ」

〝アレな、ヤバいらしいぜ〟

「ヤバい、って……どうヤバいんだよ？」

〝なんか兄貴は怒りながらいろいろ言ってたけど、オレにはよくわかんなかった。気になるなら調べてみろよ〟

「お前から言い出してそれかよ」

〝しょーがねえだろ！　法律とか成分とか、オレにはよくわかんねーんだから。けど、普段はグータラな兄貴がすげぇがんばって調べて、親に買わせないようにしたくらいだからな……デタラメってわけでもないと思うぜ〟

「マジか……？」

言葉のみで判断すると、信憑性の欠片もない話である。

しかし友人の口調が真に迫っていたために、笑って聞き流すということが裕介にはできなかった。

日付が変わり、連休二日目。

その日も、裕介は夜遅くまでテレビを見ていた。

昨日見ていたものとはちがうアニメや、深夜ならではのお笑い番組などを楽しみ、夜明け前に眠気を感じ始める。

そんな時、番組が切り替わってあの商品名が耳に飛び込んできた。

〝本日ご紹介いたしますのは、この『菜皇』！〟

（あ……！）

その名を聞いて、眠気がわずかに薄まる。彼は意識をテレビに向けた。

〝野菜不足にはこの『菜皇』がサイコーにいい感じ！　ご家族の健康は、『菜皇』にお任せください！〟

出演者は、満面の笑顔と弾ける元気を前面に出しつつ商品を紹介している。それがなんとなく、裕介には白々しく映った。

その感覚が、今までぼやけていた疑問にくっきりとした輪郭を与える。

(ヤバい……何がヤバいんだろう)

裕介はスマートフォンを握り、視線と意識をテレビからそれへ移す。ブラウザを開いて、『菜皇』で検索をかけた。

すると検索結果を示すページの一番上に、販売会社のホームページへつながるリンクが表示された。

その下には、『菜皇』を紹介する別のサイトが続く。称賛の文字が踊るそれらを、裕介はフリックすることですぐに画面外へ追い出した。

やがてページの一番下まできた時、『菜皇』という商品名に別の言葉が加えられた、検索候補の一覧が示される。

(……えっ!?)

その中のひとつを見て、裕介の眠気は完全に吹き飛んだ。

〝菜皇　脱法薬物〟

(だ、脱法……薬物!?)

あわててリンクをタップし、次に示されたページから一番上の記事を選ぶ。

どんな情報も見逃すまいと、目を見開いて居並ぶ文字を読んだ。

〝……健康食品のほとんどが眉唾物であるというのは、もはや常識に近いものがある。しかし今も健康食品は売れに売れ、市場規模は拡大する一方だ。その理由のひとつとして、人々が持つ健康に対する不安に訴えかける文言が……〟

（ちがう、文言とかはどうでもいい……薬物は!?）

〝…………という分子構造を持つこの物質は、一度摂取してから空白期間をおくと、ごく軽い禁断症状を引き起こすことが実験によってわかっている。しかし法律がまだ整備されていないために、取り締まることができないという現状が………〟

（禁断症状……）

〝…………重要なのは『ごく軽い』という部分である。普通の人はほとんど自覚できない上に体内で分解されやすくもあるので、精密検査を受けなければ発見することが難しいのだ。麻薬のように肉体や精神を破壊しつくすことはないが、やめたくなっても『菜皇』を購入し続けなければ気が済まないという状態に陥ってしまう。これが………〟

（麻薬とは……ちがう、のか）

記事を読み終わった裕介は、その点に関してひとまず安堵した。

だが、完全なる安心からは程遠い。

彼は友人の言葉を思い出しつつ、記事から得た知識を頭の中で振り返る。

(アイツが言ってたヤバいってのは、薬物のことだったんだな……頭がおかしくなったり死んだりってことはないみたいだけど……)

そこまで考えた時、ふとトメの顔が脳裏に浮かんだ。何も知らないまま誇らしげに微笑む彼女を思うと、胸が強く締めつけられる。

それが裕介に、何かを決意させた。

(……ばあちゃんは買ったばかりだし、今ならまだ間に合うよな……!)

彼は、一度時刻を確認してから部屋を出る。

リビングへ向かうと、すでに起きていたトメが不思議そうな顔で彼を迎えた。

「おや……裕介、もう起きたのかい？　休みだってのに珍しいね」

(ばあちゃん……！)

彼女の姿を見た裕介は、緊張で体をこわばらせる。しかしここで退いてはならないと、一度深呼吸をした。

それから彼は口を開く。決意したことを、実行に移した。

「……あのさ、『菜皇』っていう健康食品のことなんだけど……」

「『菜皇』がどうかした……ああ、飲みたいのかい？　よし、今すぐ用意して……」

「ち、ちがうよ。そうじゃなくて、その……」

「……？」

台所に向かいかけたトメは、そちらに体の正面を向けたまま不思議そうな顔で孫を見つめる。

一方、裕介は、ちゃんと言わなければいけないと頭を強く左右に振ってから、彼女をしっかりと見つめ返した。

そしてついに、決定的な言葉を言い放つ。

「『菜皇』って、ヤバい薬物が入ってるんだ。飲むの、やめた方がいい！」

「…………!?」

裕介の言葉を聞いたトメは、驚きに目を見開く。瞬時に意味を理解することはできなかったようで、絶句したまま何度か瞬きをした。

やがて四度目の瞬きを終える頃、彼女の口からこんな声が漏れる。

「……はァあ？」

曲がりくねった音程の、呆れ声だった。

それに合わせて、表情も呆れたものへと変わる。

裕介は、ひるみそうになる自分自身を心で叱咤しつつ、彼女の呆れそのものに反論した。

「ほんとだよ、ウソじゃないんだ……！　友だちから聞いた話なんだけどそれだけじゃなくて、オレ……自分でもちゃんと調べてさ、それでわかったことなんだよ！」

「ヤバい薬物ってのはなんなのさ？　あたしだけじゃなくてお前も飲んだのに、どこも悪くなってないじゃないか」

「それは、症状が軽いからそう思うだけなんだよ。でも軽いからこそ自分じゃわかんなくて、いつの間にか麻薬みたいに心と体を蝕まれて……」

ここで裕介は、自身が調査結果とはちがうことを口にしたと気づいた。記事で見た成分は、麻薬に含まれるものとは性質も名前も異なっている。

しかし、やめられなくなるという意味では『菜皇』も麻薬も同じだと、すぐに拡大解釈した。

今、修正したり言葉を止めたりして勢いを失えば、説得ができなくなる。彼はそれを大いに恐れた。

「……『菜皇』を飲み続けなきゃ、気がすまなくなるんだ！　だからもう、飲むのはやめた方がいい！」

彼は、自身が言った言葉を修正することなく、最後まで言い切る。使命感と決意、そのすべてを声に乗せてトメにぶつけた。

しかし、彼女からはこんな言葉が返ってくる。

「バカバカしい」

「え……！」

思いの丈を一蹴された裕介は、小さくない衝撃を受ける。

そんな彼に、祖母は静かな口調でこう続けた。

「お前のことだ……心配していろいろ調べてくれたんだろうけど、それはどこ情報なんだい？　あたしゃテレビでいつもニュース見てるけど、そんなの一度も聞いたことないよ」

「それは、ネットで」

「ああ、出た出た」

トメはここで再び、呆れ顔を見せた。

それに伴って、真剣だった声の響きも軽いものへと変化してしまう。

「あんたたち若者向けの文化なんだろうし、あたしも否定はしないよ。だけど、ネットに出てるからってそれが必ずしも正しいとは限らないだろう」

「い、いや、でも……！」

「本当にヤバい薬物が入ってるんなら、今ごろテレビとネット、どっちでもニュースになってるはずさ。ちがうかい？」

「だから、まだ法律では規制されてない薬物なんだよ。ちょっと前に流行った脱法ドラッグってあるだろ？　あれに似たようなもので……」

「脱法ドラッグは頭をおかしくするために飲むもんだろ。だけど『菜皇』はそうじゃない」

「そうだけど、ずっと買わせるためにヤバい薬物を入れて、毎日飲まずにはいられないようにしてるんだって！」

「だーかーらぁ、それはお前がネットで見ただけの知識だろうって話をしてるんだよ、あたしは」

　トメの声に、少しばかり怒りが混ざってくる。

　だがそれでも声を荒げることはなかった。彼女は、『菜皇』を勧めてきた友人のツルを引き合いに出して話を続ける。

「お前もツルさん、知ってるだろ？　あの人は毎日元気だ。あたしも元気じゃ負けてないつもりだけど、何もしないままずっとそれを維持できるかって言われると、少しだけ自信がなくなる。これからはもうちょっと、食べるものにも気をつけなきゃいけないって思ったから、あたしは『菜皇』を買ってみたんだよ」

「それはわかるよ。でも、薬物が入ってるようなものを飲んでちゃ意味がない……」

「ツルさんは毎日『菜皇』を飲んでるんだよ？　だけどあの人は『毎日元気』……あたしはそう言ってるんだ。毎日飲んでも具合が悪くならずに、元気なままの人があたしのすぐ近くにいる。それが何よりの証明じゃないかね」

「いや、それは……飲むのをやめられなくなってるだけで……」

「まだ言うかい、この子は」

「ばあちゃんの前で、元気に見せてるだけかもしれないじゃないか。もしかしたら、オススメした人に買ってもらったらツルさんが何か得するとか……」

「いい加減にしな！」

トメは鋭い声で怒鳴る。

彼女の中にある堪忍袋の緒が、ついに切れてしまったようだ。

「ツルさんが、そんなネズミ講みたいなことするわけないだろ！　それにあたしはツルさんを通してじゃなくて、自分で注文して買ったんだ！　そんなに飲みたくなきゃ、お前にはもう飲ませないよ！」

「ば、ばあちゃん」

「二度とその話をするんじゃないよ！　ああイライラする！」

トメはそう吐き捨てると、怒りのあまり床を踏み鳴らしながらキッチンへ歩いていった。

裕介は彼女を追うこともそれ以上説得を続けることもできず、ただ呆然とその後ろ姿を見つめている。

（な、なん……なんで……!?）

裕介にはわからなかった。

血のつながった家族であるトメに、自分の言葉が届かない。その事実を、どうにも受け入れることができなかった。

（こづかいをくれとか言ってるんじゃない、ばあちゃんのことを心配して言ってるのに……！）

祖母と孫という関係もあり、裕介が真面目に話せばトメはちゃんと聞いてくれた。今回も、いつもと同じように自分の言葉を受け入れてくれるものと思っていた。

最初は期待通りに話が進んでいたのだ。だが交渉は決裂した。しかも、二度とその話をするなという強い言葉まで言われてしまった。

（なんで……？）

裕介は、あまりの衝撃に立ち尽くす。

しかし、トメが茶の用意をすませてキッチンから戻ってくるのを見ると、顔を伏せてその場から離れた。

（くそっ）

彼はそのまま玄関へと向かう。行くあてもないまま、外へ飛び出した。

連休の中日しかも早朝ということもあって、家の周囲はまだ静かだった。通勤のために歩く人もいない。

（納得できない……！　オレは正しいことを言ったのに！）

世界の静けさとは対照的に、裕介の心では悔しさと怒りとが渦を巻いていた。

そのことが持ち物に対する意識を薄れさせたのだろうか、家からかなり離れてから初めて、彼はスマートフォンを部屋に置いてきたことに気づく。

（あっ……くそ）

どこかで時間をつぶそうにも、スマートフォンがなければ難しい。考えなしに出てきてしまったので、財布も持っていなかった。

家に戻ろうかと思ったが、今はトメに会いたくなかった。仕方がないので、裕介はそのまま公園まで歩いていく。

公園に到着すると、彼はブランコに腰を下ろした。左右の鎖が音を立て、それが公園内の空気をかすかに震わせる。

と、彼の耳に誰かの声が飛び込んできた。

「ゆうちゃんじゃないかい？」

「え」

驚いて振り返ると、そこには老婆が立っている。

彼女を見た裕介は思わず立ち上がり、その名前を呼んだ。

「ツルさん……！」

「珍しいねえ、お散歩かい？」

「あ、いえ……そういうわけじゃ」

「ふむ……？　そうかい」

ツルは優しい声で言った。祐介がなぜ言葉を濁したのか、追求しようとはしなかった。

ゆったりした足取りで裕介に近づくと、引いていたショッピングカートから飴をひとつ取り出し、彼に差し出してくる。

「よかったら食べるかい？」

「え？　あ……」

裕介は、反射的に手を出してしまっていた。

ツルは彼に会うと、いつもこうして飴をくれた。

彼女がくれる飴は、老人が好みそうな昔ながらのものだけでなく、子どもが喜びそうなフレーバーも多かった。ただ今回、裕介がもらったのは、昔ながらのものだった。

彼がそれを見つめていると、ツルはすまなそうに言う。

「ごめんねえ、ちょうど今はそれしか持ち合わせがなくて……」

「あ……！　い、いいえ、ありがとう……ございます」

裕介はあわてて顔を上げ、彼女に礼を言った。その言葉にツルは笑顔を返し、彼の前から去っていこうとする。

それを見た裕介は、彼女の背に向かってそっと言った。

「……あの、ツルさん」

「ん……？」

名前を呼ばれたツルは、不思議そうな顔で振り返る。その動作を見て、裕介は全身が再び緊張でこわばるのを感じた。

(呼んだ……呼んでしまった)

思わず、もらった飴ごと右手を握り込む。

(呼んだらもう、後戻りは……できない！)

真剣な眼差しで彼女を見つめると、少しだけ声を震わせながらこう切り出した。

「『菜皇』って、健康食品のこと……なんですけど」

「おや、ゆうちゃんは『菜皇』を知ってるのかい？」

「テレビでよく見るので……」

「ああ、そうだったね。ちょくちょくテレビで見るねえ……それがどうかしたのかい？」

「うちのばあちゃんに、オススメしたっていうのを聞いたんですが」

「トメさんに？　うん、オススメさせてもらったよ。あれを飲み出してからずっと、体の調子がいいもんでねえ」

ツルは嬉しそうに、にこにこと微笑んでいる。それを見た裕介は、心の中に小さな痛みを感じた。

しかしすぐに、それから意識を外す。

(言わなきゃいけない……！　ばあちゃんの体も心配だし、ずっとよくしてくれたツルさんのことだって心配だから……！)

使命感に駆り立てられ、決意を固める。

裕介は、言うと決めていたことを静かに、ツルへと告げた。

「実は、『菜皇』の中には薬物が入ってる……っていう話があるんです」

「薬物……ええっ？」

思わぬ言葉だったのだろう、ツルは驚愕して目を見開いた。

怒りではなく驚愕という反応が返ってきたことで、裕介の心にわずかながら余裕が生まれる。

それまでは震えていた彼の声に、しっかりとした芯が通った。

「信じられないかもしれませんけど、本当なんです。オレ、ちゃんと調べましたから……麻薬に似た禁断症状が出て、飲むのをやめられなくなるんです。まだ法律で規制されてないから、警察とかも手を出せなくて」

「ま、麻薬？　禁断症状……？」

「すぐに頭がおかしくなるとか、死ぬとかっていう話ではないんですけど、ちょっと……気をつけた方がいいかもしれません」

「そ、そうなんだね……へ、へえ……」

ツルは、ぼんやりとした口調で返事をする。驚愕の度合いが強すぎて、自分の中でどう処理したものかわからないようだ。

それを見て、裕介は少しばかり気の毒に思えてきた。彼女にそっと声をかける。

「だ、大丈夫ですか？」

「だいじょうぶ……大丈夫……」

そう言いながらツルは手を振ってみせるのだが、その手は震えている。

もう少しオブラートに包んで言うべきだったかと裕介が思ったその時、彼女はゆっくりと背を向け始めた。

「あ、あたしゃ……ちょっと疲れたから、帰るね……またね、ゆうちゃん……」

「は、はい……」

裕介がそう返事をすると、ツルはよたよたと離れていった。

(……よし)

『菜皇』に関する調査結果は、トメには突っぱねられてしまったものの、ツルには一定の効果があった。

これが裕介の自信を深める。

(ちょっとキツく言い過ぎたような気もするけど、おれは正しいことを言ったんだから……しょうがないよな)

驚愕した彼女の痛々しい様子は、自分の正しさを証明してくれているような気がした。時間がたつごとに、その思いは強くなった。

やがて彼は、もらった飴の包装を開ける。

飴は手の熱で表面がわずかにとけており、包装フィルムの内側に貼りついてしまっていた。その部分を歯で削ると、飴が彼の口内に転がり込んでくる。

（うまい）

昔ながらの飴にありがちなクセのある風味と甘さは、今の裕介にとっては勝利の味といえた。

ツルに対する勝利感は、家に帰ることへの抵抗を裕介の中から消した。悠々とした足取りで帰宅してからは、トメの顔を見ても感情が暴れ出すことはなかった。

彼の中には今、こんな思いが息づいている。

（ツルさんはあれでいい。でもやっぱりばあちゃんを説得しなきゃ意味がない。ばあちゃんにもわかってもらわないとな……ツルさんみたいに）

部屋に戻ると、スマートフォンで『菜皇』の黒い噂に関する情報を、さらに集め始める。

動機の方向性が少しばかり歪んだことに、この時の裕介が気づくことはなかった。

連休三日目。

昼を過ぎたころ、部屋のドアが勢いよく開かれる。

ドアを開けたのはトメだった。ベッドで眠る裕介に、あらん限りの声で怒鳴る。

「起きな、裕介！」

「……ん……？」

「起きるんだよ！　いつまで寝てるんだ！」

彼女はベッドに近づくと、文字通り裕介を叩き起こす。張り手が彼の頬を襲った。

「ぶっ⁉」

彼はまず顔を叩かれた痛みに驚き、次いでそうされたことに精神的なショックを受ける。頬を手で押さえながら、トメを見上げつつ叫ぶように言った。

「ば、ばあちゃん⁉　なんだよいきなり！」

「なんだよじゃない！　さっさと起きな！　あたしは怒ってるんだよ！」

「怒って……？」

起き抜けにそんなことを言われても、裕介には意味がわからなかった。

夜遅くまで調べ物をしていた彼の頭からは、まだ疲労が抜けていない。それに起き抜けという状況が加わってしまえば、判断力が大幅に低下するのも無理はなかった。

しかし彼の事情など知ったことではないトメは、裕介が体を起こしたと同時に怒りの理由を口にする。

「お前、ツルさんにあの話をしたらしいね」

「ツルさん……？　ああ……」

眠気からようやく解放されつつある意識に、ツルの顔が浮かぶ。力なく去っていく彼女の姿が、裕介には敗走しているようにも思われた。

だがその映像を、勝利に酔いしれながら眺めることはできない。

そんな余裕を、彼は与えてもらえなかった。

「なんてことをしてくれたんだい！」

「え」

「あることないこと言いふらすんじゃないよ！　おかげであたしがどれだけ恥かいたか、わかってんのかい！」

「は、恥……？」

「ついさっき老人会に行ってみたら、みんながみんなその話をしてたよ……『渡辺さんとこのゆうちゃんに、菜皇には薬物が入ってるって言われた』って、ツルさんが触れ回ってたんだ！」

「……え……！」

ここで裕介の眠気が完全に飛んだ。

まさかツルが他の人に、しかも老人会のメンバーにその話をするとは考えもしなかったのだ。

しかし彼にとって、その話が広がること自体は悪いことではない。

「いや、でも……それは本当のことだし」

「バカ言ってんじゃないよ、本当だと思ってるのはお前だけさ！　あたしに言うだけならまだしも、ツルさんにまで……しかもツルさんは、お前にいじめられたって言ってた」

「えっ!?　ちょ、ちょっと待って、いじめるとかそんな」

「そのことであたしはみんなから責められたんだよ！　あたしはずっと……謝り続けるしかなかった」

彼女はうつむくと、寂しげな声で続ける。

「それでも、みんなが許してくれたかどうかはわからない」

「ええ……!?」

「……」

トメは少しだけ斜めに顔を上げ、鋭い目で裕介をにらむ。

そしてこう続けた。

「これがお前のやり方かい？」

「……やり方？」

裕介は問い返す。

トメが何のことを言っているのか、意味がわからない。

すると彼女は、顔を正面に向けつつ完全に上げた。しゃべる速度をこれまでよりも大幅に下げて、発言の意図を孫に伝える。

「昨日、お前の言うことを聞かなかったからって、こういうやり口であたしを苦しめようとしてるのかって訊いてるんだよ」

「ち、ちがう！　そんなつもりじゃない！」

裕介は思わず声を張る。ツルに薬物のことを話したのは、遠回しにトメを苦しめるためではない。そんな狙いはなかった。

返答を聞いた彼女は、大きなため息をつく。

「もちろん、あたしだってこんなこと言いたくない……でもね、お前がやったことっていうのは、あたしがそう思いたくなるようなことなんだよ」

続けて、これからのことを語る。その口調はやけに淡々としたものへ変わった。

「あたしはツルさんに謝り続けなきゃいけないし、それをみんなの前で何度もやらなきゃならない……お前は老人会に行かなきゃいいって思うかもしれないが、そんなことをすればあたしは完全にひとりになってしまう……いや」

トメは、ここで寂しげに笑った。

「もう、ひとりになっちまっただろうね」

「え……」

「お前が調子に乗った結果がこれだよ。茶飲み友だちはみんないなくなっちまった。特に、ツルさんは一番仲が良かったのに……お前のせいで、もうあたしの方を見てもくれないよ」

「…………」

「もう二度と、あの話をするんじゃないよ。あたしにだけじゃない、他の人にもだ……わかったね」

トメはそう言うと、裕介の返事を待たずに部屋を出ていった。

「……」

裕介はただ絶句したまま、閉められたドアを見つめることしかできなかった。受けた衝撃が大きすぎて、彼は茫然自失の状態に陥っていた。

この時、ふと。

窓の外から、誰かの話し声が聞こえた。

「……？」

気になった裕介は、窓に近づきそれを開く。声がした方を見ると、家を囲む外壁のそばに老人が数人集まり、何やら話しているのがわかった。

裕介の部屋は二階にあり、彼は高い位置からその場所を見下ろす格好になっている。外壁が死角を作ってしまっていて、正確な人数は把握できなかった。

高さと距離があるために、話の内容は完全にはわからない。ただ、時折こんな言葉が裕介の耳に入ってきた。

「……この家の子が………」

「え、本当なのそれ？　ツルさんを……」

「……かわいそうに……ひどくいじめられて………」

（……！）

裕介の顔が、青くなる。

老人たちは、たまたま彼の家の前で会って井戸端会議を始めたわけではない。わざわざこの場所に集まって、裕介がツルをやり込めたことについて話しているのだ。彼がいる二階まで彼らの声が届いているのも、偶然というわけではない。聞かせているのだ。

裕介の家にいる者たちと、その周囲に住む者たちに。

（や……や、ヤバい……！）

「……！」

この時、老人たちに視線を察知される。彼らはほぼ同時にこちらを見上げ、じっと見つめてきた。

その顔に怒りなどはない。

それどころか、表情と呼べるものがまったく存在していなかった。

(あ……ああ……！)

裕介は、心の底から恐怖が湧き出る音を聞いた。

窓を閉め、ふらつきながら離れる。

すぐにベッドに座り、頭を抱えた。

(なんだよ……なんだよあれ……！　わざわざ家の前まで来て、あんな話してるとか……！)

老人たちの声と無表情が、裕介の心を埋め尽くす。それは、彼の内部をやけに寒くした。加えて、自分を取り巻く世界の一部が閉じたように思われた。単なる錯覚と言ってしまえばそれまでかもしれないが、今の裕介にはそう言い切ることができない。

何かが劇的に変わってしまった。

そしてそれはもう取り返しのつかないことなのだと、彼は思い知った。


翌日。

連休は終わり、平日が戻ってきた。

登校のために家から出た裕介は、門扉そばの外壁に三人の老人がいるのを見つける。

彼らは昨日見た老人たちとは別人だったが、やっていることは同じだった。

「……ツルさんをいじめて…………」

「よくも……平気な顔で……」

「…………神経を疑うね…………」

自分をちらちらと見ながら、ひそひそと話をする。老人たちのその行動に、裕介の肌は一瞬にして泡立った。

無視して通り過ぎてしまおうかとも思ったが、そうすると今度は何をされるかわからない。彼は老人たちに向かって、朝の挨拶をするしかなかった。

「……お……おはよう、ございます……」

「……」

「……」

「……」

老人たちは、無表情で見てくるばかりで何も返してこない。

あるのかないのかわからない反応をいつまでも待つわけにもいかず、裕介は彼らから離れた。するとひそひそ話が、背後から聞こえてくる。

「なんか言ってるぞ」

「ツルさんをいじめたクセに……」

「挨拶してもらえるとか思ってるのかね？」

体裁はひそひそ話だが、明らかに声は通常の大きさである。裕介に聞かせるために言っているのは間違いなかった。

（こんなことが……ずっと続くのか？）

学校に向かいながら裕介は考える。それはとても恐ろしいことのように思われた。

だがその一方で、自分は間違っていないという思いもある。恐怖と確信のせめぎ合いは疑問に変わって、彼の心を満たした。

（オレは正しいことをしたのに、なんでこんな目に遭うんだ？『菜皇』がヤバいのはどう調べたって間違いないのに、なんでオレだけが……）

そこまで思った時、ふと。

こんな考えが彼の心によぎった。

（もしかして……オレがばあちゃんと一緒にツルさんに謝れば、やめてもらえるのか……？）

しかしそれは、決意と使命感を無に帰す行為だった。裕介は首を横に振る。

（謝ったら、オレが間違ってるって認めることになっちゃうじゃないか……！　オレは間違ってないし、悪いことだってしてない……！）

　彼の気持ちは強く、揺らぐことがなかった。

　それからというもの、裕介の家の前には常に何人かの老人が立つようになった。入れ替わり立ち替わりでその顔ぶれを変えながらも、彼らはひそひそ話という名の陰口をずっと叩き続けた。

　そんな状況のまま、季節がひとつ過ぎた頃。

　裕介の家で火災が発生した。

　原因は不明で、放火なのか家屋内からの出火なのかもわからなかった。

　深夜に起こったことも手伝ってか、家にいた者たちは全員が逃げ遅れて死亡した。

　警察や消防がどれだけ調べても出火原因がつかめないということで、現場にテレビカメラが入ることとなった。

「火事怖いですね。原因がまだわからないみたいですけど、どう思われますか？」

　テレビ局のリポーターがそう言ってマイクを向けると、

「さあ……でもあの家の子、ちょっとやんちゃなところあったから、もしかして……いえ、わかりませんけどね？」

同じ町に住む老人たちは、口をそろえてそう言ったという。

送りつけられる画像

斉木京

電車内で起きたこと

最近、電車内で卑猥な画像を勝手にスマホに送りつけられる事がある。

新型のスマホにはＢｌｕｅｔｏｏｔｈでファイルを共有出来る機能があるためだ。

だから電車内みたいな狭い場所だとＢｌｕｅｔｏｏｔｈやＷｉ‐Ｆｉで赤の他人のスマホと接続してしまい、いかがわしい画像などが画面に表示される。

新手の痴漢と言っていい。

だが送られてくるのは単に卑猥な画像だけでは無いらしい。

以下はＵさんが体験した話。


Ｕさんも地下鉄に乗っていた時、卑猥な画像を送りつけられた事があった。

ただUさんは男性なので、いかがわしい画像が共有されてもさほど気にもせずスマホの設定を変える事もしなかった。


だがある時、妙な画像がスマホの画面に表示された。

見れば写真はちょうど今自分が乗っている地下鉄の車両の前面部分を撮影したと思われるものだった。

ただあまり画質が良くないのではっきりとは分からない。

Uさんは始めは偶然だろうと思って気にしなかった。


ところが翌日も同じような画像が送られて来た。

昨日の写真と同じように列車の前方から撮影されたものだった。

鉄道マニアがホームから撮影したようなアングルだ。

昨日送られたものよりも電車に寄っているような気がする。

ただ相変わらず画質は悪い。


Uさんは気になって周囲を見回した。

他の乗客達は座席に座っている人、吊り革につかまって立っている人もいるが半分くらいがスマホをいじっている。
故にUさんには誰が犯人かは判別がつかなかった。

だが画像の送りつけはその翌日も続いた。
いつも決まってある駅の近くで発生するのだ。
また同じようなアングルの不鮮明な電車の画像だ。
ただ一つ気がついたのは電車が撮影者にだんだんと近づいてきている点だ。
ホームに侵入してきた電車を連続して撮影したものだろうか。
Uさんは何となくそう思った。

そんな事が何度か続いたある夜。

その日もUさんは地下鉄に乗って帰宅途中だった。
だが今日は会社の同僚と一緒に飲みに行ったので終電近い時間になった。
ほろ酔い気分で座席に身を預けていると、スマホの着信音が鳴った。

気がつけばまた例の駅に近づいていることに気がついた。

スマホの画面を開くと例の画像だ。

Uさんは酔っていた事もあり、このイタズラをしている犯人にひとこと言ってやろうと周囲を見回した。

だがおかしな事に気がついた。

祝日でしかも終電近いためかUさん以外の客は誰一人乗っていない。

確かBluetoothの届く範囲はせいぜい数メートルだったはず。

両隣の車両を眺めてみたがそれらしい人は見当たらない。


Uさんはなんとなく気持ち悪くなってきた。

すると再びUさんのスマホから着信音が鳴った。


それも一度ではなく連続してだ。


Uさんは震える手でスマホを見た。

数枚の写真が送られている。

さきほどの写真の続きだ。
画面をスワイプして写真を見ていくと、どんどん列車は撮影者に接近してくる。
そして最後には運転席にいる運転士の顔がはっきりと分かる近さまで来た。
運転士は驚愕の表情を浮かべている。

何を見たのか。

そして、この距離で走る列車の前面を撮影することなど出来るのだろうか。

不安とともにそれらの疑問がUさんの頭をよぎった。
そしてある事に気がついて、最後の写真の一部分を拡大してみた。
Uさんの抱いていた予感が形になった。
運転席の窓ガラスに何かが写り込んでいる。

よく見ればそれは黒髪の女だった。

その無表情な白い顔が運転席の窓ガラスに反射しているのだ。

運転士が驚いているのは……おそらくこの女が走行する電車に飛び込んで来たからなのだ。

だがそこでUさんはある疑問が浮かんだ。

〝ではこの写真はどうやって撮影されたのだ?〟

Uさんは思わずスマホを投げ出していた。

次の駅に到着するとスマホを拾いもせず転がるように降車し、改札を出た。

帰宅し、翌朝落ち着きを取り戻したUさんは鉄道会社に連絡してみたが彼のスマホがどこに行ったかは結局分からずじまいだった。

Uさんは恐る恐るあの画像が送られてくる駅で飛び込み自殺がなかったか電話口の人に

聞いてみた。

回答は個別の事故には詳しくは答えられないというものだったが、電話口の担当者は最後に一つ付け足した。

「確かに去年そういう事故はありました。若い女性だったと思います。即死だったようです」

送りつけられる画像

十四人目のサキモトさん

黒猫子

新しいフォロワー

「おっ、なんか新しいフォロワー来てるわ」

スマホにあるSNSの通知が届いていて、その内容はというと、新規のフォロワーがついたというもの。

まぁ、日々通知とかフォロワーがつくことなんてのはよくあることだが、ここ最近ロボットの自動アカウントが停止されたりした関係で百人前後のフォロワーが減っていたため、この通知も、そこで減った分を取り戻したい俺からしたら願ってもない吉事だった。

ただ、その名前に少しだけヒヤッともしたが。

「えっ、うおぉ」

俺を新しくフォローしてくれたユーザーの名前は。

『十四人目のサキモトさんがあなたをフォローしました』

なんてことだろう、まさか噂のサキモトさん……にフォローされるなんてな。

〝十四人目のサキモトさん〟。

それは、かつて実在したSNSユーザーで、簡単に言ってしまえばタイムライン巡回をしていたら一時間に一、二個は見つかる〝病み垢〟というやつだった。

承認欲求が人一倍強く、よく自傷画像とかどんなやつが寄ってくるかわからないような自撮りを上げたり、それに口にするのも憚はばかられるようなことも、SNSを通じてしていたらしい。俺は直接は知らなかったが、ゼミの先輩が俺に彼女のことを聞かせてくれた。

先輩は〝彼女〟と直接会ったこともあるらしく、そのときのことを武勇伝……みたいに語り聞かせてもくれたが、その内容については当人たちの名誉の為に言わないでおく。

とにかく、俺の聞き知っている〝十四人目のサキモトさん〟は、人からの無関心を恐れていて、気性が荒く、そして依存心の強い女性だった。だから、そんな彼女を狙うやつも数知れなかったのだろう。そして、その結果何かがあっても、その何かがまた別の誰かの同情を引く道具として使える……というような姿勢だったらしい。

確かに、今のＳＮＳはそういう……出会いの場としても使われている。俺だって、そこで深く関わるようになったフォロワーとそういうこと……を全くしてこなかったかというと、そういうわけではない。もちろん、最初からそれ目当てで誰かに絡みにいったことはないが、だからといって俺の行いも似たようなものだ。

そして、よくあることなんだ。

俺が〝十四人目のサキモトさん〟にフォローされたのに動揺したのは、自分を棚上げした身勝手な嫌悪感からではない。

〝十四人目のサキモトさん〟は、アカウント凍結を繰り返した挙げ句に、自傷動画の配信中に誤って深く傷をつけてしまい、そのまま命を落としているのだ。

その最期は多くの視聴者の間で共有されて、拡散されて、その全てが削除されるまでに多くの目に曝された。俺だってそのひとり。

『え、ちょっ、やだっ、どうしよ血が止まらないんだけど、えっ、なになに嘘、嘘でしょ、嘘だよね、やばい、血止まんない！　タオル！　ティッシュ足んないよ、ねぇ！　誰か！　誰かっ！　あ、わ、わぁぁぁぁ、あぁぁぁ』

最期にはただ泣き喚くだけになった彼女は、カメラの前で痙攣して倒れて、そのまま動かなくなった。

それが、〝十四人目のサキモトさん〟の最期だった。

その〝十四人目のサキモトさん〟からフォローされるなんて、どういうことだ？　え、まさか、ほんとに……!?

〝十四人目のサキモトさん〟が死んでからしばらくして、ネット上では奇妙な噂が流れ始めていた。曰く、〝十四人目のサキモトさん〟の幽霊がSNSを利用している、と。

彼女が亡くなった時刻である二十一時五十二分に『#サキサキ族』というハッシュタグを使って自分のアカウント名を投稿すると、〝十四人目のサキモトさん〟からフォローされるというもの。それで何が起こるかは諸説ある。ただ、そのどれもがろくなものではなく、最悪彼女に気に入られて連れていかれるなんてものもある。

先日、減ったフォロワーを増やそうとした俺もこれをやってみたのだ。案の定、『勇気あるなオイ』だの『おいおい大丈夫か』だの『死んだ人を茶化すなんておかしい』だの、いろんなレスポンスがあった。それでフォロワーも多少増えた。

しかし、肝心の〝十四人目のサキモトさん〟からはフォローされることはなく、そのまま彼女のことは忘れて、また反響の大きそうな投稿を考えていた。

そんなときに、〝十四人目のサキモトさん〟からフォローされたのだ。思わずスマホの前で腰を抜かしかけたが、これはチャンスといえばチャンスだ。このことを告知したら、もっと盛り上がるかも知れない――なんていう欲も多少はあって。

俺はすぐにフォローを返して、すかさずメッセージを送った。

『こんばんは、フォローありがとうございます！』

とりあえずそんなことを言っておくことにした。案の定すぐに〝彼女〟からのメッセージは返ってきた。

『こんばんは、十四人目のサキモトさんです
サキって呼んでくれたら嬉しいかもです』

それで送られてきた文面そのものはまぁまぁ常識の範囲内ではあったが、そこに添付されていたのが、リストカットした腕の画像だったり加工しまくりの自撮り写真だったり、とにかく主張の激しいメッセージだった。

加工された写真には『めっちゃ可愛い、ブサイクじゃないじゃん』と送り、傷付いた腕や自虐的なポエムじみた投稿には『どしたん？　悩みあんなら話してみ？』みたいな、薄っぺらいメッセージを送る。

こういう子……を相手にするときの、言うならマナーみたいなものだ。

そんな風にして、俺の新しいチャレンジ……が始まった。

サキモトさんとの毎日

SNSで噂話を確かめていたら、ひょんなことから〝十四人目のサキモトさん〟からフォローされた。フォローされて気に入られてしまったら連れていかれる――という噂があるこの〝死んだユーザー〟のアカウント、もちろん対策じゃないが、防護策みたいなものは調べている。

どうやら、〝十四人目のサキモトさん〟には、中途半端に惚れられるといけないらしい。なんというか、中途半端な状態だと『もしかしたら別のところに行かれてしまうかも知れない』という不安から相手を引きずり込んでしまうのだそうだ。

……面倒なことこの上ない女だ。

いくらそう思ったって、フォローされたものは仕方ない。そのことはもう多くのフォロワーたちに告知してあるし、そこからどんどんシェアされていって新規のフォロワーたちも集まってきている。

『すごいけど怖いですね、頑張って！』

『仕込みがどこでバレるか見といてやるわｗ』

『よくそんな不謹慎なことできますね』

『サキモトさんに惚れられていきてるやつだけど、二千回シェアされたら方法教えてやんよ』

『ちょｗ　お前有名人じゃんｗｗ』


とにかく、冷やかしから何から、たくさんのレスポンスをもらっている。そんな状況で何もせずに逃げていたら、きっとかなりの人数を幻滅させることになるだろう。それだとせっかく戻りつつあったフォロワーがまた減ってしまう。

なんとなく、それはとても嫌だったのだ。


だから、〝十四人目のサキモトさん〟とは関わり続けることを前提に、どうすれば呪いを回避できるか。その答えはシンプル極まりないもので、『サキモトさんを安心させて、心底惚れさせる』というものだ。

いくつか都市伝説絡みの掲示板を閲覧して、一番平均的、言ってしまえばあまたのユーザーたちの意見をまとめたときの最大公約数的な回答がそれだったのだ。

なら、それに賭けるしかない。


『サキ、おはよう』

『おはようございます！』


お、は、早い。

メッセージを送って数秒後にはそれに対する返信が来る。なんというか……すごく暇なんだろうか、とか訊きたくなって、「そっか、こいつ幽霊なんだ」とか思ってゾッとしたりする。

起床後、朝食中、出勤前、休憩中、帰宅直後、夕食中、就寝前。欠かさずに来る。なかなかのスパンだが、とりあえず俺も仕事中以外は返すようにしていくことにした。

そして、今日も。


「あぁー、仕事押したなぁ今日も。昼休憩なくなっちまうじゃんかよ～！」

ちょっとだけイラつきながらデスクにつく。それからスマホを取り出して、ＳＮＳアプリを起動すると、通知は毎回九十九以上だ。その大半は『おいおい、カノジョ寂しがってんぞｗｗ』というような内容。

もちろん、その〝カノジョ〟っていうのはお祭しの通り〝十四人目のサキモトさん〟だ。彼女とのやり取りが始まってから、もう決して短くない時間が経っている。しかし、今のところは別にこれといって大きな変化があったわけでもない。中途半端に惚れられるとあの世に連れていかれる――なんて噂話は今のところその影すら見えてこなくて、なんだか、ただのめんどくさいカノジョみたいな感じだ。

そのせいだろうか、〝十四人目のサキモトさん〟からフォローされた当初は爆発的に増えたフォロワー数もだんだん伸び悩み、とうとう「自演乙ｗｗ」なんていう書き込みまで見かけてしまった。

『カノジョが待ってんじゃねぇかｗｗ』
『お前のカノジョだろなんとかしろよｗ』
『グラビティ彼女やばばば』
『彼女使ってフォロワー稼ぎ楽しいですかｗ』

他にもまぁ、再現で口に出したりもしたくない書き込みもいくつか見かけた。こんなの対面して言えるのかよ、と言いたくなるような書き込みだ。
といっても、そんなのも既に日常だ。スルーして他の通知を探す。
ところが、その中に気になるものがあった。

『カノジョさん、カミングアウトしてるわｗｗ』

えっ……？

その書き込みを見てすぐにチェックした〝十四人目のサキモトさん〟の投稿には、確かにカミングアウト……ともとれる内容のものがたくさんあった。
別に、たとえば過去にされたことだとかそういうものなら、いくらでも言ってくれてよかった。それで自分を傷つけようが、そんなの知ったことじゃない。いつもみたいに悲惨な体験について語っていたらいい――だが。

『そりゃ、わたしはただ呪いの噂に便乗しただけですけど、本物じゃなければ価値ないいんですか？　偽物はいちゃいけないんですか⁉』

『もう、わたしも本物になったらいいのかな？　どうせ誰も止めないんだし、わたしなんて必要ないでしょ？』

『あーむり』

『誰にでもいいし、何の用でもいいから誰かに必要とされたい人生だった』

『誰でもいいから必要としてよ』

…………おい。

なんだよ、これ。

呪いの噂に便乗した？　呪いってなんだよ、サキモトさんの呪いか？　おい、便乗って……まさかこの〝十四人目のサキモトさん〟偽者なのか⁉

要は「構ってほしいから〝十四人目のサキモトさん〟になりすましてそれらしいことを言った」ってこと？　いや、ふざけんなよ。

それはさ、俺らふたりだけが見るメッセージの場とかでいいだろ？　なんでこんな、フォロワーみんなが見るようなところで……！

すぐにその投稿に対して返信をする。

『あのさ、ここでそういうことを言い続けるといろんな人に迷惑かかるから、ここじゃなくて直接メッセージくれないかな？』

すると、やはりいつものように『おかえりなさい！』と返ってきたあと、『じゃあメッセージの方にもいきますね？』と呑気な返事。

……ふざけんなよ。

頭の中が怒りで満たされていく。

案の定、このやり取りを見ていたフォロワーたちからも『しっかり仲直りしてこいよーｗ』だの『事案ｗｗ』だの、茶化され放題だ。ていうかこんな真昼からよくそんなに人のやり取り見てられるな、暇人なのか!?

あー、くそ、イライラする！

その日の仕事中、イラついていたからなのか仕事がほとんど手につかなかった。

ふたりの間だけのメッセージ画面に行って、さっそく尋ねることにした。もちろん、変な形で晒し行為をされないように、言葉を選ぶ努力をしながら。

『あれ何？』
『あれってなんですか？』
『自分が呪いに便乗したとかってやつ』
『あ』
『どういうこと？』
『しました』
『サキはサキモトさんじゃないんだね？』
『はい』
『なんでサキモトさんだなんて言ってたの？』
『わたしは言ってないです』
『言ってたよね』
『垢名だけです』
『え？』

『垢名だけ十四人目のサキモトさんにしてただけです。そうしたらみんなかまってくれるから』

『それで、そんな名前にしてたんだ？』

『そうです』

『こんな騒ぎになって怖かったんじゃないの？』

『怖かったけどお兄さんが助けてくれたから平気ですよ』

『そうじゃないでしょ？　またやるの？』


そこからしばらく、返信に間が空いた。

痛いところでも突いたか？　機嫌でも損ねたのか？　まさか、このやり取りをスクショして撮られてるのか？　少しだけ不安になってしまう。

この手のタイプは何をしでかすかわからない――しかも何がその〝何か〟の引き金になってしまうかもはっきりしない。それこそ千差万別。もう混沌としていると言ったっていい具合だ。


一分が十分くらいに感じられてしまうほどの空白。

そんな待ち時間の後、ようやく返ってきたのは『もうしない方がいいですか?』というものだった。

ふぅ、なんなんだ。

まぁなんにしても、あまり刺激しないのが無難だ。

『たぶん、しない方がいいよ。じゃなきゃサキがいろいろ嫌な思いをするよ?』

『嫌な思い?』

なんで疑問文を返すんだよ、そこは黙ってやめとけばいいだろうが……と打ちそうになってやめる。危ない危ない、別にこいつがどうなろうが知ったことじゃないが、俺はあくまでサキのことを心配している………フォロワーだ。

『それ、たとえばどんなことでしょうか?』

『悪口言われたり、それに裏垢とかしてると、なんか色々来ない?』

『なんか、そんな心配してもらったことないです』

「は?」

思わず画面の前で声をあげていた。

何をどう返しても、この子の頭のなかはお花畑なんじゃないかね。あくまで俺はいい人……らしい。呆れて言葉を失いそうになってきた。


「はぁ……」

帰りの電車で見たスマホには、またぽつりぽつりとフォロワー数が減ったSNSのホーム画面が映し出されている。

ここ数日、ずっとこんな調子だ……。


結局、サキは〝十四人目のサキモトさん〟ではなかった。それは、本人も認めたこと。

俺が〝十四人目のサキモトさん〟にフォローされたっていうことで、怖いもの見たさのようなものでついてくれたフォロワーは何人か離れていった。もちろん〝十四人目のサキモトさん〟絡み以外にもあれこれ投稿はしていたから、それで定着するフォロワーもいたにはいたが、それでも一番の話題の種がなくなったのは確かだ。

……そろそろ潮時か？

サキが〝十四人目のサキモトさん〟じゃない以上、繋がっている意味も必要性も感じない。

なるべく穏便に済むように話をつけて、そのままサヨナラといくか。

電車が枕木を踏む。

ふと考えが浮かぶ。

――どうせ切るなら、その前にちょっとくらいいい思い……させてもらってもいいんじゃね？　たぶん、この子はだいぶ俺のことを信用してるみたいだし。

あれこれ無防備に教えてくれるおかげで、サキの好みとか住んでるところとか、そういうところは把握できている。だから、それに合わせたプランを練れば、たぶん簡単にそういう場面……に持ち込めるだろう。

差し当たっては、最近リニューアルオープンしたテーマパークにでも連れていこう。あの辺りにはホテルもあるしな……。

電車の窓に映った自分の顔を、真正面から見ようとは思えなかった。

どうにか取り付けた約束の日。俺は正直、特に信用なんてせずにサキを待っていた。というのも、この約束は「最後くらい……」と思い立ってから実に三回目くらいだったからだ。彼女はわりと気持ちが安定していないから、本人から言ってきた約束でさえもどこかで気分が沈んでしまえば簡単に反故にしてしまう。俺自身もある程度は仕方ないことと割り切ることにはしているが、まぁ決して面白いものではない。

しかし、今回はもしかしたらいつもとは違うかも知れない。
待ち合わせ場所——いくつもの線路を見下ろす陸橋が近い比較的小さめの改札前に辿り着くまで、何度かサキからのメッセージが届いていた。

『着てくれますよね？』
『嘘じゃないよね？』
『待っててね？』

『どこかに行ったりしないでね？』
『お願いしたす』
『なかなか付けなくてごめんなさい』
『すぐに行きまふかは』

内容よりもその連投っぷりに圧倒されてしまうようでもあったが、「そっちこそな」という内心をひた隠しながら、『もちろんだよ』『平気だよ』『了解』みたいなメッセージを返し続ける。

よっぽど慌てているのか、そのメッセージには誤字とか変換ミスも多い。明らかにフリックの位置ミスってるだろ……思わず笑いそうにもなってしまったが、同時にそこまで必死に食いついてくるなら、まさか来ないなんてことはないだろう——そうも思った。

——すぐに捨てるのも、ちょっと惜しいかな。

そんなことまで思いながら、雲間からの陽光が目に優しい駅前ベンチで手近なホテルとかを検索していると、突然目の前が翳って。

「あ、あのっ、シュウゴさんですか⁉」

ちょっと荒い息遣いで、緊張した風に声をかけてきたのは。

「もしかして、サキちゃん？」

「あ、あの、はい……。遅くなってごめんなさい。怒ってませんか？」

おずおずとした様子で声をかけてきたその娘——サキは、控えめに言ってもかなり可愛い娘だった。世間知らずそうな、よく言えば純粋そうな気配のある、すごくそそる……娘だった。

「あの、えっと、今までなんかたくさん迷惑かけてきたのにこうやって会ってくれるとか言ってくれて……あの、ありがとうございます」

ＳＮＳ上だとそろそろ馴れ馴れしいくらいになりつつあったサキだったが、実際会ってみるとなんだろう、普通にちょっと大人しめの女の子って感じがした。しかも、見た目はかなりタイプ。

もちろんＳＮＳ上でのやり取りや色々を思うと相当面倒な子みたいだから付き合おうと

かそこまでは思えなかったが、ちょっと楽しむ……なら申し分ない相手だった。

だから、まぁいろいろさせてもらった。具体的にとかそういうことは野暮だから語らないでおくことにする。ひとつ言えるのは、メッセージではさんざん乗り気なことを書いていたわりには、終始身体を強張らせていたな、という印象。俺としてはそういう娘の方が燃えるからいいんだけど。


で、全部終わって、「もう何回かは会ってもいいかな」と思いながら、ようやく泣き止んで、呼吸が落ち着いた様子のサキを風呂に入れながら、「そういえば、さっきすごいいろんなメッセージ送ってきてくれてたけど、あれ嬉しかったわ」と半ば社交辞令的に言ってみると。


「えっ、そんなことしてないですよ？」

きょとんとした顔で訊かれてしまった。

「だって、シュウゴさんを待たせてるのに、そんなことできないですよ」

自分の言葉が本当だと証明するように、湯船のなかで身体を擦り寄せてくるサキ。まだ本当に若いのか、その肌はキメ細かい。……もしかしたら俺、法に触れてるかもな。

「だったら、本当かどうかもう一回確かめようかな？」

ただ、法に触れていようがいまいが、どうでもよかった。


もし本当にあのメッセージを送ってきたのが、サキじゃなかったとしたら？

ふと思い浮かんでしまったそんな可能性から目を逸らすためには、ちょうど目の前にいた彼女はうってつけだった。

しばらくして、俺の精根尽き果てて現実逃避なんてできなくなってしまった頃。同じく足腰立たずにベッドに突っ伏し、息も絶え絶えになっているサキを見ながら、少しだけ頭が冷えていくのを感じる。

どうにかもう一度シャワーを浴びさせて、そのまま肩を貸す形で駅まで送っていくことにした。その道中に考えることは、ひとつだけだった。


「あ、あの……っ」

「――――え？」

だから、サキの声にも反応が遅れる。

「わたし、変なことしちゃってましたか？　引いちゃったりとか……？」

「あぁ、いやそうじゃないよ。サキちゃんとは最高だった、また会いたくなったし、できたらこのまま帰したくなくなったし」

安心させる為に抱き寄せた髪にうつっていたらしいタバコの臭いに、どこか征服欲を満たされて気分がいくらかマシになる。

「今日はほんとにありがとね、楽しかった」

「あ、はい……」

そう言葉をかけても、どうもサキは不安げだった。けれど、さっきホテルを出たときの怪訝そうな顔よりはだいぶよくなったか。とりあえず、駅のホームでももう一度抱き締めて別れる。最終的には笑顔で帰すことがオフのマナーというか……そうしたいと思っていたので、本当によかった。

それにしても、引っ掛かりは残ったままだ。

やはりあのメッセージを連投してきたのはサキではなかったらしい。端末を見せてもらったら、サキの端末には誤字だらけの連投は載っていなかったのだ。もちろん、送ったあと消すことはできる。けど、あの驚きようは……。

それに、気掛かりはもうひとつ。

『どんな人かわかんなかったけど、シュウゴさんのことフォロバしてよかったです。前の人は、ほんとに怖い人だったから……』

そう告げる痛々しい笑顔はさておき、そんなはずはなかったのだ。

だって、先に俺をフォローしてきたのはサキ──〝十四人目のサキモトさん〟だった。

そのはずだ。それなのに、どうしてそんなことを言うんだ……!?

背筋が冷えたのは、風の冷たさだけではなかった。

帰り道、ふとスマホの通知音が鳴った。何かと思って見てみると、そこには〝十四人目のサキモトさん〟からのメッセージがあった。

……サキに伝えることは伝えてたはずだけどな。

また通話でもしたくなったのか？　普段ならうんざりするところだが、今日は少し助かるかも知れない。そう思ってメッセージを表示させたとき、背筋が凍った。

『ねぇ、さっきホテル入った娘、だれ？』

「……は？」

それは、お前だろ？

どうしてか、喉元にまで出かかっていた言葉が出てこない。その間にも矢継ぎ早に届くメッセージには、〝さっきホテルに入った娘〟――サキのことを悪し様に言う文句がたくさん綴られていた。

そして、いくつかメッセージが続いたあと。

『浮気とか許さないから』

添付されていた画像には、どこから落ちたのか、地面に無造作に投げ捨てられたような格好をした、ついさっき抱いていたのと同じ雰囲気の女の子が写っていて。

「――――っ!!」

『偽者のことはフォローしてあげるし、そうやって会ったりするのに、どうしてわたしじゃだめなの？　わかんない、わかんない、わかんない、わかんない。おしえてよ』

「おしえてよ」

後ろから、さんざん叫んだ後みたいに掠れた声がして。俺は恐る恐る後ろを…………。

月夜の道には、誰の姿もなかった……。

ただ、俺の肩にいつの間にか、赤黒く変色した手が置かれているのが目に入って……。

十四人目のサキモトさん

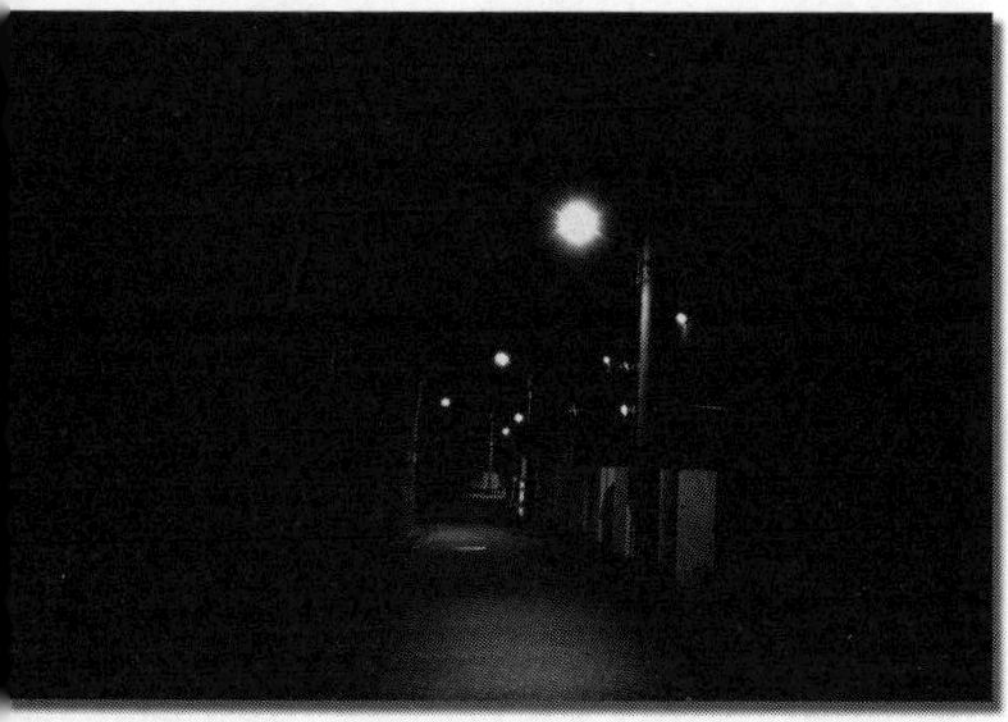

友達かもしれません

神谷信二

最近は本当に便利になった。欲しいモノはネットを開けば大抵手に入る。ついつい余計なモノを買って後で後悔することもあるが、店で商品に触れてから購入しても後悔することはある。

スマホの画面で指を滑らせながらそんなことを考えていた俺は、前から気になっていた漫画をカゴに入れた。それに合わせ、【そちらの商品を購入されたお客様に人気の商品】という文字の下に似たような漫画がいくつも並んだ。

そこには発行部数百万部越えの有名なモノから、まだ一巻しか発売していないマニアックなモノまである。どうやらこのコンピューターは俺がカゴに入れた漫画の出版社や作者、絵のタッチやジャンルなどから好みを読み取っているらしい。

冷静にそんな分析をしながらも、その一覧に表示されている漫画をいくつかカゴに入れてしまう。

「よく出来たシステムだな」

そんなことを呟きながらスマホを枕の上に投げると、友人の智樹から着信が入った。

通話ボタンを押すと、いつもの智樹とは正反対の暗い声が聞こえて来る。

「謙一、今大丈夫か？　あのさ……ちょっと相談したいんだけど。お前、ＳＮＳってしてたっけ？」

「いきなりどうしたんだよ」

「いいから教えてくれ！」

「あぁ、一応登録はしてるけど、最近何も更新してないな。で、そのＳＮＳがなんだって？」

「ＳＮＳにさ、友達かもしれませんリストってあるだろ？　一週間前からそこに変な女が居てさ、今日そいつからメッセージが来たんだよ」

話の内容に身構えていた俺の肩の力が抜ける。

「なんだよ、ただの逆ナン自慢かよ。俺はてっきり重い病気にでもなったのかと思ったよ。で、どんなメッセージが来たんだ？」

「そのメッセージが気持ち悪いんだよ。読むから聞いとけよ？【久し振り。今夜会いに行くね】。どう思う？　かなり気持ち悪くないか？　お前笑ってるけどな、会った事もない女からこんなメッセージ来てみろよ。気分最悪だぞ」

智樹が言う通り笑っていた俺は、「ただの送り間違えじゃねーか？」と言葉を返す。それでも納得していない様子の智樹は、「もういいよ。別の奴に相談するから」と言って電話を切った。

「何を興奮してんだよ。運命の出会いかもしれねーのに」

通話の終了したスマホに向かってそう呟いた俺は、久しぶりにＳＮＳを立ち上げる。友達の数は百二十人。そのうちリアルでも友達と呼べるのは二人くらいだろう。ほとんどが友達の友達か、小学校や中学校の時に少し絡んだ程度の人間。

智樹の言っていた友達かもしれないリストを指でスクロールする。そこには共通の友達が一人という表示や二人という表示が顔写真と一緒に並んでいた。

中にはアフリカ国籍の黒人男性も居た。

「友達かもしれないって……な訳ねーだろうが」

そう言いながらその黒人の写真をクリックすると、俺の友達リストの中に居る小学校の同級生がその黒人と友達であることが判明する。

「へー、あいつボランティアでアフリカ行ってるんだ。根暗な性格だったのに、人は変わるもんだな」

再びスマホの画面を黒に戻してベッドの上に寝転がり、昨日届いたばかりの漫画を手に取る。

ＳＮＳも仕組みはネットショップと同じだ。

カゴに入れた時に購入を増やす仕掛けがあるように、ＳＮＳにも友達を増やす仕掛けが組み込まれている。実際に友達になるかどうかは置いといて、ほとんどの人間はコンピューターにまんまと動かされてしまっている。

漫画を読んでいる間に眠たくなってきた俺は、バイトが休みなのをいいことに二度寝に入っていった。

翌日、バイトに行く準備をしている俺の前に青ざめた顔の母がやってきた。

「謙一、智樹君が……智樹君が亡くなったって……智樹君のお母さんから」

聞き間違いかと思った俺は、震える声で母に問い掛ける。

「今……なんて？」

「部屋で、首を吊って亡くなったそうよ。あんた、仲良かったんでしょ？　何か相談とかされてなかったの？」

中学時代に何度も遊びに来ていた智樹の死が母もショックなのか、瞳に涙を浮かべている。その母の顔を見て、智樹が死んだことが嘘ではなく真実であることに頭の中が白くなった。

「嘘だ……あいつ、昨日もくだらない相談してきたくらいなのに。自殺なんてするはずねーよ！」

「本当にくだらない相談だったの？　智樹君は真剣だったんじゃないの？」

確かに、あの時の智樹は様子がおかしかった。

いつもの智樹なら、悪戯メッセージなんて無視していればいいと思ったはずだ。

智樹の言葉を思い出しながら固まっていると、「明日の夜がお通夜らしいから、予定入れないようにね」と囁くように告げて部屋から出て行った。

それから五日。お通夜とお葬式に参列しても智樹が亡くなった事が信じられない俺は、部屋の天井をジッと見つめていた。

SNSを開き、智樹のページにアクセスする。毎日こまめに更新していた智樹の日記は亡くなった五日前で止まり、そこに多数のコメントが寄せられている。

そのコメントを読んでいる内に涙が溢れだした俺は、智樹のページから出て自分のページに戻る。

その時、友達かもしれませんリストに見覚えの無い女の顔があることに気付いた。タッチしてその女のページに飛ぶが、年齢も経歴も非公開になっている。何故か友達の数もゼロだ。

友達かもしれないリストは共通の友達が一人でも居ないと出て来ないはず。システムの誤作動だろうと特に気にすることなくＳＮＳを閉じた。

ただ、その女を何処かで見た記憶が頭の片隅にあった。街ですれ違った人が似ていただけかもしれないし、話したこともない同級生かもしれない。

まさか智樹にメッセージを送った女じゃないよなと思いながら再びＳＮＳを開くと、一通のメッセージが来ていることに気付いた。

タップして開くと、何処かで聞いた覚えのある文字が並んでいる。

【久し振り。今夜会いに行くね】

智樹はこのメッセージが来た夜に首を吊って自殺した。

この女からのメッセージと自殺が頭の中で結ばれた時、背筋に氷を滑り込まれたような寒気が走る。

智樹が言っていた女はこの女に違いない。

智樹は自殺なんかするような男じゃない。この女に殺されたんだ。だとしたら、俺も殺しにやってくる。

俺と智樹の共通している過去を辿れば、この女はそこに必ず居る。

本棚に立て掛けてある中学の卒業アルバムを取り出し、乱暴にページをめくっていく。

智樹と同じクラスになったのは、中学三年生の時だけ。あの女が居るとしたらここしか考えられない。

十年以上前の自分の顔と智樹の顔が見えてページをめくる指が止まる。女子の顔を左から右に流すように見ながら、SNSに女の顔を表示させた。

二度、三度と見直すが、合致する顔は見当たらない。しかし、俺はあることを思い出す。

このクラスには、もう一人女子生徒が居た事を。

でも、その女子の顔も名前も思い出せない。わかっているのは、自殺をしてこの世を去ったということだけだ。

俺は智樹以外で唯一電話番号を知っている同級生をアドレス帳から探し出す。

修学旅行で同じ班になり、その場のノリでアドレスを交換しただけの男子。

その男子の名前をタップしてコールするが、電話に出る気配が無い。すぐに留守電に切り替わる。

小さく舌打ちをして電話を切ろうとした時、電話口からか細い声が聞こえてくる。

「コノヒト……モウ……シンデルカラ」

間違えてかけたのかと耳からスマホを離して画面を確認するが、やはり間違ってはいない。

「やめろ……やめてくれ！」

スマホをベッドに叩きつけて頭から布団を被って丸くなる。

頭を抱えながらどうするべきか考える。明確な解決策は見つからないが、一人で夜を過ごさない方が安全なことだけはわかる。

今日に限って母は夜勤で病院に行っていた。

追い込まれた俺はバイトの後輩に連絡して家に来てもらうことにした。


数時間後、後輩はコンビニで買った弁当をさげて家にやってきた。

「先輩、お化けが怖くて俺を呼ぶなんて可愛いすぎでしょ」

俺の部屋に入るなりそう告げた後輩は、弁当をテーブルの上に置いて上着を脱いだ。

「うるせぇな。お前に俺の気持ちが分かるかよ……。まぁでも、来てくれて助かったよ」

スマホを弄りながら俺がそう呟くと、後輩は本棚から漫画を取り出して腰を下ろした。

「今度ラーメンおごってくださいね！　でも俺、夜勤明けで寝てないから寝てしまう可能性大っすけどいいすか？」

「あぁ、何か起こったら起こす」


それから、特に何もすることなく時間は流れていく。

後輩は話していた通り、漫画を読んでいる間に眠たくなったのかカーペットの上でいびきをかいている。

俺は後輩にブランケットを掛けてから照明を落とし、布団の中にもぐりこんだ。

スマホをタップして時間を確認すると、深夜一時を回った所だった。

あと五時間。

あと五時間もすれば夜は明ける。

そう思った直後、窓ガラスから小さな石がぶつかったような音が聞こえてきた。


コツン。

その音に肩をビクつかせながら震えていると、再びコツンと音が鳴る。

「おい、良助！　起きろ……なぁ、良助」

布団を被ったまま後輩を呼ぶが、目を覚ます気配は無い。

その間も音は聞こえ続けている。

コツン。コツン。ゴツン。ゴツン。

少しずつ音が大きくなり始めた。

「止めろ！　俺はお前を虐めてなんかないだろ！　お前を虐めた奴は他にいっぱいいるだろうが！」

恐怖で布団から顔を出すことが出来ない俺は、大声で叫ぶ。

俺の叫びが届いたのか、窓から聞こえて来た音が止んだ。後輩のいびきも止まっている。

時間が停まったような静寂。


「良助……お前、起きたのか？」


声を震わせながら布団から顔だけ出した時、鼻が擦れるほどの位置に女の顔が存在していた。

その顔はＳＮＳに表示されている顔そのもので、血走った目で俺を見下ろしている。

叫ぼうとしても声が出ない。心の中で『許してくれ』という言葉をお経のように何度も繰り返し唱えるが、金縛りは解けない。

首に何かがゆっくり巻き付いている感触。それに気付いた時には既に、俺の首は強い力で締め上げられていた。

生まれて初めて感じる死へ繋がる激痛に頭の中が真っ白になっていく。

静寂の中、最後に耳元で響いたのは電話越しに聞いたものと同じ声だった。

「ユルスワケナイデショウ」

友達日和

桜を愛するキツネ

高校生の頃って「今が最高！」と言う、人生のピークだと思う。

当時、塾の先生から、「高校の友達は大切だぞ」「今でも連絡を取る仲なのは高校の時の友達かな！」と言う話を聞いたことがある。

その言葉を信じていてか、本心からそう思っていたのか、おれもそうだった……。

大学に進学して、上京し、都会の遊びを覚え始めた。あちこちから集まる友達、年齢のちょっとした差もそれなりに楽しんだ。お酒が飲める年になるし、飲み会の味も大人の楽しみを知るきっかけになった。その後の就職活動は白髪が生えるくらい苦労した。そして、何とか就職を決めて、至福の気持ちのまま、卒業旅行では初の海外を満喫し、大学生活の色鮮やかな思い出として記憶を書きかえて、次に社会人の忙しさや疲れを癒している。そう考えると、高校の思い出は味気無い……。

おれにとっての高校の友達ってなんだ?


そんなある休日、おれは高校の時の友達と再会した。

お互い社会人になり、向こうから声をかけられた。

ところが、そいつのことが全く思い出せない。


……いや、顔がブタにしか見えない。本物のブタの顔にしか。

＊　＊　＊

「……あ!　山田じゃん!」

名前を呼ばれておれは振り返ったが、目を疑った。

そいつは大きな鼻をひくつかせ、ずんぐりとした短い首も薄いピンクの肌もとても人のようには見えない。喋る度に大きな三角の耳が動く。

頭部だけがブタの友人らしき人物。

だれだ?


「高校卒業して以来だな」

「……ああ、そうだな」

ブタの男はおれをじっと見つめた。

「あれ? もしかして覚えていない? おれだよ。沢田だよ」

「……沢田」

名前を聞くとぽっと思い出したのが二年の時、同じグループにいたような……いなかったような……。

「二年の時、同じクラスだったよな」

ちらっと沢田を見た。

「うん、そうだよ」

顔にしわを寄せて、うなずいた。笑った顔らしい。

「今日は休みかい?」

「ああ」

「おれは仕事だよ。ほら、スーツ着てさ、サラリーマンっぽいだろ？」

「そうだな……お疲れ様」

「あのさ、もしよければなんだけど、お昼を一緒に食べないかい？」

「ああ、いいけど……」

おれが言葉を詰まらせると、沢田はまたあの笑顔を見せた。

「今日はもう仕事が終わって直帰なんだ」

「そっか！　それなら安心だな」

おれ達はお互い笑い、店をどこにするかと話しながら町を歩いた。


普通の人には沢田は「人」の顔に見えるらしい。

店員は何事もないようにおれ達を席へと案内した。和食の店で、ランチの時間から少しずれていて、店には人が少なかった。

おれ達はメニューを見ながら世間話に花を咲かせた。それから、お互いに決めたのを確認すると店員を呼び、それぞれ注文した。

「海鮮丼を単品で」

「トンカツ定食。ご飯は大盛で」

おれは目を見開いた。店員は注文を復唱して、厨房へと向かった。

「いやー。忙しかったからお腹が空いて」

沢田はへへっと笑った。

「……いや、人の好みに対して何も言うつもりはないけど……」

「それは有り難い。前に上司と一緒に昼に行って、大盛で頼んだら『だからお前はブタみたいに太っているんだ』って言われたよ」

沢田は自虐しながら、声をあげて笑った。

おれは口をぎゅっと締めて、見ているしかなかった。

「お待たせしました」

いつの間にか店員がやって来て、それぞれに注文の料理を置いた。

沢田の前にトンカツ。

おれは海鮮丼に器に入った醤油をかけながら、沢田のトンカツを食べる姿を見た。

カリっと音を立て、衣を噛みしめる音。人のようにうまそうに食べるブタの口。

ブタの顔で豚肉を食べる目の前の友人の姿。

「……山田。醤油は全部入れ切ったみたいだぞ」

はっと手元を見た。おれは器を置き、沢田を見ないように食べ始めた。

会計を終えて、おれ達は店をあとにした。

そしたら、ちょうど高校生らしい集まりがおれ達の横を通って行った。

「……高校時代って一生の宝みたいに言うのを聞いたことがあってさ。おれもそう思っていたんだ……だけど、実際は友達って何だろって思うんだ」

おれはカップルを見ながら言った。

「……そうかもしれないな」

「え？」

「お前もおれのこと、ブタの顔に見えるんだろ？」

「……そんなこと……ないよ……何？　また自虐ネタ？」

沢田は低い声で笑った。

「昔、流行ったじゃん。チェーンメール。今でも似たようなものがあるらしいけど……この前、おれのスマホにメールが届いた。『本当の友達に出会わないと将来、ブタのように太り、食べることしか考えられなくなる呪いがかかりました。出会わない限り、自分の姿はブタにしか見えず、食べることがやめられなくなるだろう。そして、相手が本当の友達ではないと、相手も自分の姿がブタに見えるでしょう』っていう内容だ。その後おれは何人にも会ったが……みんな、おれのことがブタに見えたらしい。本当の友達ってなかなかいないもんだな」

「おい！　なんだよそれ！　子どもみたいなことを言うなよ。お互いいい大人だろ！」

「……お前もおれの友達ではなかったことが分かって、それだけでもよかった。でも、この呪いには続きがあって、呪いはうつるらしい。だから、山田。お前も昔を懐かしく思いながら、これからたくさんの友達と会うことになると思う」

沢田はふーっと息を吐き、おれの方を向くとまた、笑った。

「なぜだろうね。山田にも呪いがかかったって思うと、高校の時よりも、より友達のように感じられるようになった。今回の一番の収穫だと、おれは思う」

友達日和

事故物件の記憶

ラグト

「実はね、繭、ここって今世間で噂になってる事故物件ってやつなんだよ」

先輩のマンションに遊びに来た際、不意に薄気味悪いことを告げられました。

私は先日前の職場を辞めて転職したのですが、それからしばらくして個人的にも良く面倒を見てくれていた先輩から慰労会として彼女の部屋に誘われたんです。

前の職場の寮を出た後、私は次の勤め先から紹介された下宿先でお世話になっていました。

しかし、母子家庭で育ったうえ、忙しく仕事をしていた私の母は家にいないことが多く、人生初めての共同生活には少々戸惑っていました。

事故物件というのは、そんな私がマンションでの一人暮らしをうらやましがっていたときに彼女が声を潜めて教えてくれたことでした。

「えっ、そうなんですか？」

「そう、だから、一万円も安いのよ」

事故物件は住むにあたって心理的瑕疵があるということで家賃が安くなるという噂は確かにここ最近ネットなどを中心に広まったものだと思います。

そのおかげで事故物件の情報を扱う専門サイトが有名になっているというのは私も聞いたことがありました。

「本当に家賃が安くなるんですね、でも何があったかは教えてくれたんですか？」

「えっとね、中年男性の心臓発作だって」

「孤独死ってやつですか、腐敗が進んでたとかあったんでしょうか？」

「ううん、すぐに見つかったらしいよ。心臓発作が起きた時に不動産屋さんに電話がかかってきたみたい」

「えっ、不動産屋に……でも助からなかったんですね」

「うん、担当の不動産屋さんが駆け付けた時にはもう息がなかったみたい」
「へえ、そうなんですね、でも確かにちょっと怖いですけど、ここもうほとんど普通の物件ですよね、ようするに病死ですし」
「うん、そうなのよね、幽霊とか変なことも今のところ起きてないし、あっ晩御飯も食べてくでしょ、何がいい？」

私の住まわせてもらっている下宿では基本的に煮物などの和食ばかりでしたので、パスタとか唐揚げが食べたいというと先輩は近くのスーパーに食材を買い出しに行ってくれました。

留守番をしている間に冷蔵庫にある野菜でサラダを作っておいてと言われたので、私は台所でレタスとトマトをボウルで洗い始めました。

そのときです、リビングの方から突然女の子のすすり泣く声が聞こえてきました。

部屋には私一人だったので、マンションの外で誰か泣いてるのかなと思い、リビングの窓の方に顔を向けると、その声は窓の外から聞こえてきたのではありませんでした。

リビングの中程で小学生ぐらいの女の子が両手で顔を覆いながら泣いていました。

私は突如部屋の中に現れた女の子に驚きましたが、マンションの中で迷子になり部屋を間違えて玄関から入ってきたのかなとも思い、女の子のもとに歩み寄りました。

「どうしたの、迷子にでもなっちゃったの？」

私は恐る恐る女の子に問いかけました。

すると女の子は小さくごめんなさいと呟きました。

意味が分からなかったので、私は再度女の子に尋ねました。

「どういうこと、ここはあなたの部屋じゃないのよ」

私は努めて優しく語りかけましたが、女の子はやはりごめんなさいとばかり繰り返します。

「もう、ごめんなさいってなに、どうして私の言うことを聞いてくれないの！」

埒が開かない状況が続き、私はだんだんと苛立ってきました。

その煩わしさが募るとともに私はその少女の存在がとてつもなく邪魔なものに感じるようになってきました。

気が付くと私はその女の子の首を両手で掴んでゆっくりと絞め上げていました。

「あなたが、あなたさえいなければ！」

苦しそうに女の子は私の腕を握り締めて、私の手から逃れようと足をバタバタさせました。

しばらくして女の子の腕は力をなくしてだらりと垂れ下がりました。

私はその動かなくなった女の子の身体を見て、慌ててその首を離しました。

ごとりと女の子の体は頭から床に落ちましたが、その衝撃にも女の子の体はぴくりとも反応しませんでした。

「えっ、う、うそ、や、わ、わた、ひと、ころし」

がくがくと震えながら、女の子の死体から後ずさりして玄関の方に這っていくと、扉が開き買い物を終えた先輩が入ってきました。

「あっ、せ、せんぱい、わた、わたし、ひとをころし……」

先輩の姿を確認した私はすがるように彼女に抱きつこうとしました。

「えっ、繭、どうしたの？」
「おんな、おんなのこを……」
「なに、どこに女の子がいるの？」

訳が分からない様子でいる先輩の受け答えにおかしいと思った私はすぐにリビングの方を振り返りました。

しかし、ありません。
私が殺してしまったはずの女の子の姿はどこにもありませんでした。

「えっ、ど、どういうこと?」

一瞬、すべて幻覚だったのかと思いましたが、私の両手にはあの女の子の首を絞めた生々しい感触が確かに残っていました。

「何があったの?」

心配そうに尋ねてくる先輩に今あったことを説明しようとしたのですが、そのとき私は今度こそ信じられないものを目撃しました。

彼女の顔の下半分がまるで白黒のモンタージュ写真のように別の人間のものに置き換わっていたのです。

その目の動きから変わらず彼女は私に心配の声を投げかけてくれているようでしたが、そんな彼女の意思とはまるで切り離されたかのようにその灰色の口と顎はゆっくりと私に言葉を吐き出しました。

「い・え・ば・こ・ろ・す！」

それはまるで一文字一文字が数枚の写真をつなぎ合わせたかのようにゆっくりと歯をむき出して紡がれました。

たった六文字の言葉でしたが、それは明らかにあの女の子のことをしゃべるなという脅しであり、その言葉は本当に人を殺すほどの強い怨念が含まれているように感じられました。

先ほどの女の子は自分が殺された光景を私に見せてきたのでしょうか？

そして、同じく女の子を殺した誰かは目撃者に対しての口止めの念を残しているのでしょうか？

「これが……事故、物件の真相？」

私は金縛りにあったように体を硬直させていましたが、先輩に体を揺さぶられるとはっと覚醒しました。

すでに先輩の顔からあの灰色の口と顎は消えていました。

しかし、女の子のことはどうしようと逡巡しました。

言えば私はどうなってしまうのでしょう？

次の瞬間、私はつい今しがた先輩が話していたこの事故物件のことを思い出しました。


「せ、せんぱい、この部屋、男の人が心臓発作で亡くなったって……」

「……うん、そうよ」

「不動産屋に電話がかかってきたんですよね」

「ええ」


その男の人も見たのかもしれない、私と同じ女の子の最期の瞬間を……。

そして、それを不動産屋に告げようとして……。

前の住人である男の人は心臓発作が死因ということでしたが、なぜ助けを求めて電話をしたのが救急車ではなく不動産屋だったのかは疑問に思っていました。


「順番は……逆だったのかも」

不動産屋に女の子のことを話そうとしたから、心臓発作を起こして呪い殺されたという状況が思い起こされました。

「先輩、ここ危ないです、お願いです、引っ越してください」

「ちょっと、繭、何言ってるの、何があったのここで？」

「すいません、説明することはできないんです、でも信じてください、ここにいると先輩が死んじゃう」

結局、私は何も彼女に話すことはできませんでしたが、家賃と引越しのお金、何十万払っても構わないからと必死で説得し続けた結果、彼女もやはり何かおかしいと察してくれたのか、その部屋を引き払うことを承諾してくれました。

後日、私は新聞記事やインターネットであの部屋で起こった事件のことを調べてみましたが、女の子が殺されたとかいうような記事を発見することはできませんでした。

あの口止めを強要してきた灰色の口はいったい何だったのか、女の子の母親だったのか、父親だったのか、それとも誘拐犯なのか、女の子の死体はどうなったのか、すべては闇の中です。

先輩は何とか助けることはできましたが、今もあの部屋には誰かが住んでいるのでしょうか。

もしかしたら、またこれからもあの灰色の口の被害者が出るのかもしれません。

しかし、私自身口止めの呪いがかけられている以上できることは何もありませんでした。

大勢の人が気づかれることもなく行方知れずになっているこの社会で、せめて身近な人間を救うこと、私一人にできることはそのぐらいしかないのだと……そう、感じていました。

ああ、それと追記ですが……。

ここまでこのお話を読まれて「言う」のはだめだけど「書く」のは大丈夫なのと思われた人もいると思います。

鋭いですね、もちろん視られていましたよ、あの灰色の顔に。

私がこのお話をネットに投稿した際にふと窓に映った自分の顔を見ると、私の顔の上半分が別人の顔に変わってノートパソコンの画面を覗き込んでいたんです。

それを見て初めは誰にも「言う」ことが出来ないので、怖くて震えていたんですけど、今のところ私の身には何も起こっていません。

たぶんですけど、このお話の内容なら事件の更なる口止めにこそなれ、真相へは繋がらないとあの人は思ってくれたんじゃないでしょうか。

だから、このお話を「読む」ことも問題ないと思いますよ。

ねえ、そういうことでいいじゃないですか。

私はまだ……死ぬわけにはいかないんですから……。

ハッカーの眼

倉田京

世の中には沢山の眼がある。ノートパソコン、携帯電話、駅の構内、そして街中の監視カメラ。それらのほとんどはインターネットという糸で繋がっている。ほんの少しの専門知識と管理の甘さを突けば、俺の自宅のパソコンもその眼に繋げることができる。

この文章を読んでいるあなたの携帯電話やパソコンも例外ではない。使っている最中に少し反応が鈍いと感じたら、それは誰かの眼があなたを見ている時だ。

使い慣れたパソコンのキーボードを叩く。六つ並んだモニターの一つに、繁華街を行き交う人々の様子が映し出された。俺は今、自宅のアパートのパソコンから世の中の様々なカメラにハッキングをしている。

カメラの眼を盗む理由、それは好奇心だ。人は物語の塊だ。高級外車に乗るおっさん、自転車に乗って走るフリーター風の男、仲良さそうに話す二人組の女子高生。それらを眺めながら、彼らの送ってきた人生を想う。

初めは腕試しのつもりだった。しかし見た人間を一方的に支配しているような優越感が俺を病み付きにさせた。特に街頭に設置された監視カメラをよく見るようになった。高い位置から見下ろしている感覚が味わえるからだ。

俺は通帳やクレジットカードから金を引き出すようなことはしない。カメラの映像を見る、ただそれだけを行う。それだけなら捕まるリスクは格段に低くなるからだ。ハッカーには臆病な人間が多い。

最初は中学生ぐらいの女の子だった。

俺はいつものように街頭の映像をモニターに映していた。すると映像の一つが規則的な動きをし始めた。よく見ると監視カメラに向かって手を振っている人間がいる。セーラー服を着て髪を二つに縛った女の子。モニター越しに目が合った。その子はずっと手を振り続けている。俺もふざけてモニターに向かって手を振ってみた。当然、こちらの姿は向こうには見えていない。しかし俺が手を振ると、それを確認したかのように女の子は手を降ろした。少し気味が悪いと思った。一瞬目を離した隙に女の子は居なくなっていた。

次の日、また手を振ってくる人間がいた。今度は昨日とは何十キロも離れた別の場所のカメラだった。振っていたのは二十代後半ぐらいのスーツ姿の男。俺は手を振らずに映像を別のカメラに切り替えた。

偶然にしては出来過ぎていた。監視カメラに向かって手を振るのが流行っている訳ではない。調べても、そういったプレイをする携帯電話のゲームは存在しなかった。

次の日も、そのまた次の日も、手を振ってくる人間は現れ続けた。年齢や性別、恰好はバラバラだった。場所も全然離れた所だった。だが皆一様に無表情のまま顔の横で手を振っていた。

ついに五日目、俺はカメラのハッキングから足を洗うことを決意した。理論理屈で説明のつかない何かが起こっているのは明白だった。でも長年続けてきた自分の唯一の趣味である覗きを簡単に止めることはできなかった。俺は『これが最後』と思いパソコンの電源をいれた。その瞬間、玄関のドアホンが鳴った。

ピンポーン……。

ドアの方からは声が一切しない。俺の知らない何かが来た。背筋が凍って身動きが取れなくなった。

ピンポーン……。

ドアホンは続く。俺は意を決して音を立てないように玄関に近づいた。そしてドアの覗き穴に目を近づけた。

監視カメラに向かって手を振っていた人間たちが集まっていた。

俺にはそれが人間に見えなかった。皆一様に無表情で覗き穴に向かい、顔の横で手を振っていた。

全員と目が合った。色つきのプラスチックのような目だった。

俺はその場に転がって尻餅をついた。

ガンッ！　ガンッ！　ガンッ！

何かが目の前のドアを強引に開けようとした。玄関にけたたましい音が響いた。

一呼吸置いて、ドアホンがまた静かに鳴った。

ピンポーン……ピンポーン……。

その後、静寂が訪れた。
俺は恐怖のあまり、その場で朝まで動けなかった。

その日以来、俺は監視カメラの眼を盗むことを止めた。
あれが一体何だったのか。俺には分からない。ただ、この世には軽はずみな好奇心で首を突っ込んではいけない世界があることを俺は知った。

あなたはライブカメラというものを見るだろうか。最近は高速道路や観光地などに設置され、パソコンや携帯電話を使い、誰でも気軽に見ることができる。監視カメラに似た眼だ。今、何かがあなたに向かって手を振っているかもしれない。

「みにょりんとダーのハッピーエブリデイ」より

那由多

タイトル「うちの冷蔵庫、どうなってるの？」

どうもこんにちは、みにょりんだよ。

どうやらうちの冷蔵庫、変になっちゃったみたいなんです。
汚いだけだろ？
整理しろ？
そんなこと、言われなくっても分かってますぅ。
この間それをやったんですよ。
そしたらね、何が出て来たと思いますー？
もー、思い出すだけでもいやーって感じなんだけどぉ。
萎びた……ニンジン（きゃー）

野菜室の中にね、ころーんって。
もーサイテー（ぷんぷん）
自分が忘れただけだろ？
いいえ、そんなはずありません。
以前の記事でも書いたと思うんですけど、私ニンジンがだーい嫌いなんです!!
ほんとに、親の敵と同レベルに嫌いです。

……すみません、親生きてます。
パパ、ママごめんなさい。

でもでも、芋虫のから揚げと人参だされたら、芋虫食べます。
ほんとです。
だからね、私がニンジン買うはずないんですよ。
それとね、柚子胡椒が無くなってるの!!
もう、ありえなーい。
って私何歳だよっ。

「みにょりんとダーのハッピーエブリデイ」より

いやいや、それは秘密です。
お・と・め……なんちゃってー。テヘペロ。
私が柚子胡椒大好きっ子なのは、ここでも何回も書いてますよね？
ほんとにほんとに大好きなんです。
無くなってるとジョウチョフアンテイになっちゃう感じ？
漢字が分かんない感じ？

怒っちゃ、い・や・よ（はーと）

とにかくっ!!
いっつも買い置きしてるんです。
それが無いのよー（号泣）

もし誰かが私の冷蔵庫に悪戯しているなら、私、絶対許しません!!
たとえそれがダーでも許さないんだゾ。
お尻ぺんぺんしちゃいます!!

もー、柚子胡椒って安くないんだからね。
後、この気持ちの悪いオレンジのしなしなはダーに持って帰って貰いますぅ。

ここ読んでるよね、ダー。
すぐ来てね。
待ってるよん。

タイトル「れいぞうこめいきゅうかろんって何？」
どうもこんにちは、みにょりんだよ。
今日ね、ダーから変なお話聞いたの。
前に、冷蔵庫が変って記事書きましたよね？
読んでない人はこっからどうぞ↓（りんく）　※リンク無効
怖いから冷蔵庫を買い直したんです。
でもね、今も時々だけど起こってます。
この間は、せっかく買ったかんずりが無くなっちゃったの。

すっごいショック。
ほんとに誰の仕業なんだろ。

でねでね、ダーにもこの話したんです。
そしたら教えてくれたんです。
れいぞうこめいきゅうかろん？　めいきゅうかせつだったかも？

冷蔵庫の中は？　色んな状態が重なってて？　無限の？　可能性が？
もー、難しくってわっかんない。
めいきゅう化とかまくつ化っていうんだって。

そしたら、じーっと見てたらなんか消えたり現れたりするのって聞いたらね、誰かが見てたりしてるときはダメなんだって。
ますますわかんない。

観測されていない状態？　？　？　でなきゃダメらしーです。

ダーはちゃんと分ってるの？　ってきいたらね、あったり前だろって。

ダーってあったま良いんだぁ。

もー、ますます好きになっちゃう（ハート）

でもね、ダーってばその後ね、冷蔵庫から金髪美女が出てくる可能性もあるんだぜ、なんて言うの。

しかも鼻の下ぴよーんって伸ばしちゃってさ。

信じらんない（ぷんぷん）

私ってものがありながら、金髪美女？

だからね、私言ってやったんです。

金髪にしようかって。

そしたらダーってば、みにょりんはそのままで良いよーって言ってくれたの。

えへへ。


「みにょりんとダーのハッピーエブリデイ」より

あ、その話はまた今度ね。

今はね、みんなに聞きたいんです。
こんな話、知ってますか?
私は初めて聞いたの。
でも、冷蔵庫から変なものが出てくるのって怖くないですか?
そりゃ、金髪美女なら良いかもだけど。
もーっと怖い物も出てくるかもしれないでしょ?
冷蔵庫は普通が良いよね?

タイトル「見張っちゃいます」
どうもこんにちは、みにょりんだよ。

冷蔵庫の話の続きです。
あの後ね、ダーがすっごい怒っちゃって、監視カメラを仕掛けようって言いだしたんです。

「みにょりんとダーのハッピーエブリデイ」より

冷蔵庫をね、ずーっと映してれば悪戯した奴が映るはずだーって。
ちょっと大げさかなぁと思ったんだけど、気持ち悪いしね。
それに、全部ダーがやってくれるって言うからお任せしましたぁ。
だからね、私は何をどーやって仕掛けたとか全然知らないの。
でも、何日か撮りだめ出来るようにしたよーって。
ダーって凄い。
でも、ダーが裸で冷蔵庫の前通っちゃダメだよって。
そんなことしないもーん。
それに、ダーと私しか見ないんだから別にいいかなって思う。
……やっぱダメぇ。
映るってなっただけで、何でこんなに恥ずかしいんだろうね。
ダーに見られるだけならダイジョブなのになー。
なんてねー。
好きよ、ダー（はーと）
これで犯人捕まえられると良いなぁ。

タイトル「怪奇現象!?」

どうもこんにちは、みにょりんだよ。

冷蔵庫の話も四回目。
もうそんなにしてるの？
しかも変な話ばっかり。
どうせなら冷蔵庫の使い心地レビューとかしたいなぁ。
後、賢い冷蔵庫の使い方とかねー。

こんな変な話じゃ読んでくれる人、増えないよー。
と思ってたんだけど、結構増えてるっぽい？
ふふふ、嬉しい誤算だね。
あ、でもでも、読んで欲しいからって適当なこと書いてるってわけじゃありません。
ほんとにほんとに困ってるんです。
皆さんのおうちの冷蔵庫は大丈夫ですか？
もし大丈夫なら羨ましいです。

私のお寿司返して……。

なめたけ……いらないから。


あ、そだ。

監視カメラの件ですよね。

しばらく撮り続けてみて、この間確認したんです。

そしたらね、だーれも映ってなかった。


でもでも、結構衝撃的なことがあったんです。

お部屋にだーれもいないときの映像なんですけどね。

ごとんって音がしたんです。

ほんとですよ？

えーと、ダーが設定してくれたここに飛ぶようにすればいいみたいです↓（リンク）※リンク切れ
ほんとは全部見せられたらいいんだけど、私ってばちょっとキワドイかっこで映ってるところがあって。


「みにょりんとダーのハッピーエブリデイ」より

裸じゃないけどこれはダメーってダーに怒られました。
てへっ。

ねー、不思議でしょ？
だーれもいないんですよ、部屋に。
なのに音したでしょ？
冷蔵庫っぽいんです。

この中で何かが起こってたんです。
それを突き止めるにはどうすれば良いのかなぁ？

この間の、れいぞうこめいきゅうかろん？　の話で行くと、ドアを開けるときに冷蔵庫の中でなんか大慌てが起こって？　エラー？　が起こるんだって。
てことは、何回も開け閉めしてみれば良いのかな？

その度に写真撮ったら、何が変わったか分かる？

やってみようかな。

もし何か写ったら、ちゃんとここで報告しますね。


その後。

この日を最後にブログは二度と更新されることは無かった。

様子を見に行った恋人が部屋に入った時、彼女の姿は無く冷蔵庫の傍にスマートフォンだけが残されていた。

スマートフォンの中には、冷蔵庫の中を写した画像が残されていた。

それらに変わったところは見られなかったが、最新の一枚には何も写っていない真っ黒の画像が保存されていたという。


みにょりんさんの行方は未だ分かっていない。

「みにょりんとダーのハッピーエブリデイ」より

撮った憶えのない動画

鬼木ニル

寝る前に動画投稿サイトを見るのが私の日課だった。
お気に入りの投稿者の新作を見た後は、オススメ欄に出て来た動画を適当に見ていく。
スクロールして眺めていると、とある動画で手が止まった。
途端に心臓が跳ね上がる。
サムネイルには私の顔が写っていたのだ。
あまりに驚いてスマホを落としそうになった。
バクバクと鼓動が早くなる。
何度見てもこれは私だ。
迷わず再生ボタンを押した。

『こんにちは！』

すぐに再生された動画。

見慣れた自分の部屋で紛れもない私自身が喋っている。

何かの間違いであってほしい。

パニックを起こし「え？　え？」と勝手に口から声が溢れる。

『今日はね、私の秘密を教えちゃおうと思いまーす』

動画の中の私はカメラに向かって楽しそうに笑顔を向けた。

こんなの撮ってない、こんなの投稿した憶えがない。

『私の秘密、それはぁ……同じクラスのシゲタヒロトくんとこっそりお付き合いしてまーす！　きゃー！』

「はぁ!?」

何これ、何これ何これ何これ。
シゲタヒロト――繁田くんのことだ。
確かに同じクラスではあるが、私と繁田くんは付き合ってなんかいない。
だって繁田くんは同じクラスの悠愛ちゃんの彼氏じゃないか。
私は繁田くんに好意を寄せているわけでもないし、むしろ話すことも殆どない。

『あんなことがあったから、ずーっと言いだせなかったんだ……みんなごめんね』

動画の中の私は大袈裟に手を合わせてごめんごめんと繰り返す。
あんなことって何？
この動画は何？
投稿者の名前は私の名前になっている。
概要欄を見ても特に何も書かれていない。
再生数は百万を超えており、コメントは数千件。
震える指でスクロールしてコメントを確認する。

〝おめでとー！〟

〝色々あったけど良かったね！〟

〝お幸せに〟


私の交際報告を祝福するものばかりであった。

突然の出来事に頭がついていかない。


『あとね、ついに部活でレギュラーをとりました！　いやぁー長かった！　怪我が治って本当によかったよー』


どうしよう、何これ、消せないの⁉

運営者に通報するために報告ボタンを押してみたが、表示された報告理由のどれにも当てはまらない。

撮った憶えのない動画が投稿されています、なんてどうしたらいいのだろう。

それよりもこんなに再生されていたらクラスのみんなに見られているんじゃなかろうか。

どうしよう、どうしよう！

『この前のテストは散々だったけど、ヒロトとラブラブだからまあいいかなーなんてね！

チャンネル登録よろしくねー！』


確認してみたがチャンネル内にはこの動画だけ上げられていた。

〝色々あったけど〟ってコメントは何？　この人たちは誰？

私は怪我なんてしていないし、部活でレギュラーを取ったこともない。

混乱した私は、適当な理由を選び報告ボタンを何度もタップした。

どうか誰も見ていませんように、早く消えますように！


私の通報のおかげか、それともあれは夢か幻だったのか、五分もしないうちに動画は表示されなくなった。

検索しても出て来ない。

履歴にも残っていない。

気付けば額には汗が滲み、指先は驚くほど冷えていた。

さっきのは何だったんだ。

用心深く何度も検索したが、もう二度とあの動画を見ることは出来なかった。


翌朝、不安な気持ちで登校した。

もしも誰かが見ていたら……気が気じゃなかった。

しかし誰も昨晩の動画の話をしていない。

友達にそれとなく聞いてみたが「見てないけど……動画投稿してるの？　えっ、見せて！」と逆に強請《ねだ》られる始末であった。

あれは何だったのだろう。

今でもあの動画が何だったのかわからない。


だけど最近、気になる噂を聞いた。


「動画サイトを見てると撮った憶えのない自分の動画がアップロードされていることがあるんだって」

「その動画って未来の自分からのメッセージらしいよ」

「でもね、内容には嘘が混ぜられてるの。本当に起こるのはその中の一つだけ」

繁田くんの彼女の悠愛ちゃんは現在、二学期から体調を崩して学校を休み入院している。

撮った憶えのない動画

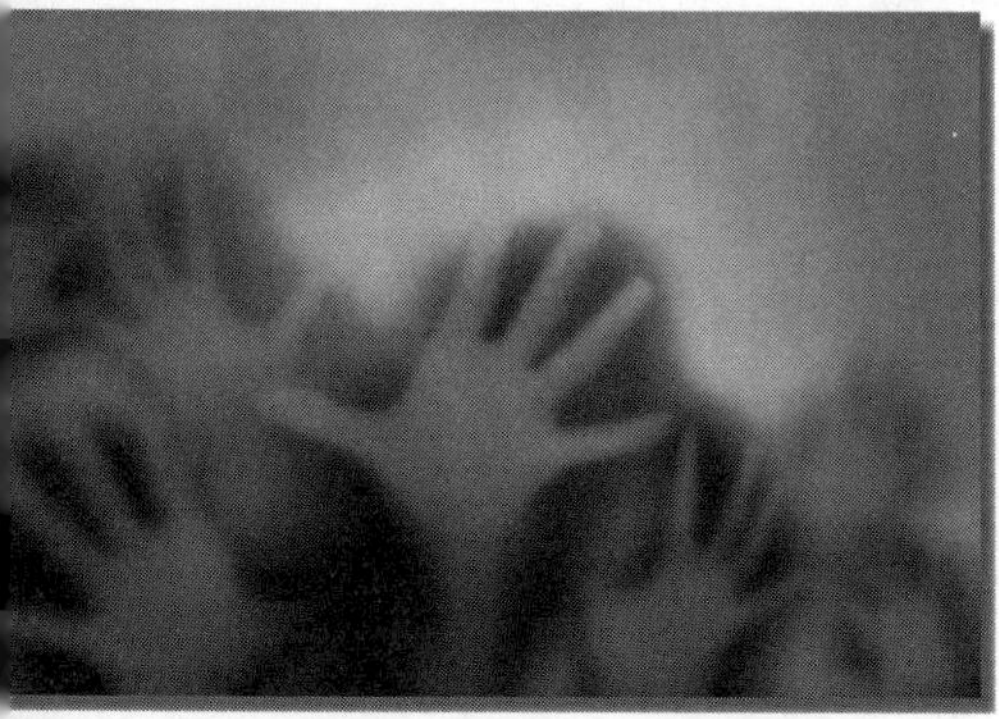

お葬式の夢

酒解見習

「お葬式の夢」という都市伝説がある。

夢の中で葬儀に参列する。故人が自分とどういう関わりのある人なのか良くわからないが、とにかく葬儀に出なければならない。どこか見知らぬ駅で電車を降りた後、「〇〇家」の案内看板に従って歩いていると、いつの間にか斎場に着いている。

受付に立っている、のっぺりした顔の男に香典を渡し「この度は誠にご愁傷様でございます」と型通りの挨拶をすると、相手は丁重にお辞儀をして「ご丁寧に恐れ入ります。お預かりいたします」と言う。そのまま芳名帳に記帳して、一礼してから行こうとすると、もう一度丁重にお辞儀をされ「この度は誠にご愁傷様でございます……様」と自分の名前を言われる。

葬儀場の中に進むと、大勢の参列者が故人と最後の対面をしている。自分も棺桶の側まで進んで、観音開きの窓を覗き込むと、自分とそっくりな顔をした遺体が横たわっている。

怖ろしさで目がそらせず、まじまじと見続けていると、遺体の目がゆっくりと開いて「お前だよ」と言う。そこで目が覚める。

　この夢を見ると、二十四時間後に死ぬという……。


「もしもし……」

「もしもし、なんだ島村か。何だよ、こんな朝っぱらから」

「うん、ごめん。今、話せるか？」

「いいけど。今日は二時限目からだから」

「うん……有難うな」

「……何だよ」

「……俺さ……」

「何だよ、早く言えよ」

「……俺、もうすぐ死んじゃうかもしれない……」

「はあ⁉」

「俺、今朝あの夢を見ちまったんだよ。例の葬式の夢……」

「えっ？　葬式の夢ってまさか……」

「そうだよ。お葬式の夢ってやつさ。良くわからない奴の葬式に参列して……受付の男が『この度は誠にご愁傷様でございます、島村様』ってはっきり俺の名前言ってた……そして、棺桶覗いてみたら……俺が寝てて……俺の顔見て……」

「『お前だよ』って言ったのか？」

「やめてくれ！　……そうだよ。はっきりそう言った。そこで目が覚めた……」

「……」

「……ど真ん中だろう？　……俺、多分二十四時間後に死んじゃうんだよ。だから最後にお前の声聞いときたいと思って……」

「馬鹿、あんなの都市伝説じゃねえか。都市伝説ってのは噂に過ぎないってことだよ」

「だけど、ここのキャンパスだけでも、この夢見た奴が既に二人死んでるんだ。先週電車に飛び込んで話題になった工学部の二年生も、前の日の朝この夢を見たって彼女に伝えてたらしい。二か月前に自宅で心不全で死んでた法学部の学生も、前日の朝この夢を見たってラインに残してたそうだ」

「……」

「……だから、多分あれは本当なんだ……怖いよ。俺、死にたくねえよ。まだこんな若いのに」

「……」

「怖いよ、高橋。俺、気が狂いそうだよ」

「まあ、ちょっと落ち着けよ」

「怖いよ！　落ち着けったって無理だよお」

「まあ、話を聞け……俺もこの話、ちょっと興味があったんで色々調べてたんだが……」

「うん……」

「実は、助かる方法が、たった一つだけあるらしいんだ」

「えっ！　本当かよ！　教えてくれよ！」

「だけど、無茶苦茶ハードル高いぞ。はっきり言って、悪いけどお前にゃ無理だと思う」

「何でだよ！　俺、まだ死にたくねえよ！　何だってやるよ！　教えてくれよ！」

「……」

「黙るなよ！　教えてくれよ！」

「どうせ出来ないことなら、知らない方が良かったとか思うんじゃないか？」

「そんなことねえよ！　助かる可能性が有った筈なのに、やってみもしないで死ぬ方がよっぽど後悔するじゃんか！　教えてくれよ！　頼むよ！」

「わかった……本当に後悔しないな？」

「絶対しない！　早く教えてくれ！　時間がねえんだよ！」

「要はこういうことだ。夢の中の自分、つまりお前のことだけど、その自分は葬式に行った。そこで受付をした時に、『この度は誠にご愁傷様でございます、島村様』と言われたわけだ。実はこの時に、本来そこで死んでる筈の故人とお前の運命が入れ替わる、ということらしい」

「そんな……無茶苦茶だよ」

「まあ、聞けよ。運命の入れ替わりが起きたために、本来そこで死んでる奴が生きて、替わりにお前が死ぬことになる。この夢はそういう仕組みというか、作用があるみたいなんだ」

「じゃ、どうすればいいんだよ？　俺の運命勝手に入れ替えやがって……」

「だから、お前が死を免れるためには、入れ替えられた運命をまた元に戻してやればいいってことだ」

「簡単に言うなよ。自分の運命そんなに簡単に変えられっかよ」

「いいから聞けよ。入れ替えられた運命を元に戻すこと……本来死ぬ筈だった奴が生きることになって、替わりにお前が死ぬことになった。それをまた元に戻す……要は、元々死ぬ筈だった人間が死んでくれればいいということだ……わかるな？」

「……それって……」

「そういうことだ。その葬式の故人と同じ名前の人間を、二十四時間以内に殺すこと……」

「そんな！　……」

「この夢で出てくる故人の情報は『何々家』という案内看板の名字だけで、下の名前まで特定されてはいない。だから『何々』という名字の人間を誰か一人、二十四時間以内に殺せば、お前は生き延びる筈だ」

「……そんな……俺に、人殺しをしろってのかよ……」

「そうだろ。だから無理だって言ったんだよ。お前みたいに優しい奴にゃ無理だろ」

「……なんで、こんなことに……」

「どうする？　諦めるか？」

「……こんなの……ひどいよお……」

「泣いてる場合じゃねえぞ。どうすんだ？」

「……」

「どうすんだ、島村！」

「……だって、お前も言ったじゃん、俺にゃ無理だって……」

「ああ言ったよ。気が弱くて優しくてお人よしなお前には、人殺しなんて出来ないだろうさ……でも、俺はお前に生きてて欲しいんだよ！」

「……お前……」

「むざむざお前を死なせたくねえんだ！」

「……」

「どうすんだ、島村あ！」

「……わかった……」

「……」

「……やる……」

「……やるんだな。わかった……その気になってくれたか。有難う」

「礼を言うのはこっちだ。そんなにまで俺のこと考えてくれてたなんて、嬉しいよ。だけど、肝心なことが思い出せないんだ。あの案内看板の『何々家』の名前が思い出せない。駅を出たらあっと言う間に斎場に着いちゃったから、殆ど見てないんだ」

「お前、命がかかってんだぞ！　必死こいて思い出せ！」

「……ちきしょう、出てこない。そんな難しい名前じゃなかった筈なんだが」

「思い出せ！　なんて名前だった？」

「……うーん、くそ、だめだ。思い出せねえ。やっぱ、無理だったんだ……」

「お前、人殺しまでやるって決めたんだろ？　そこまで腹括っといて、簡単にあきらめんじゃねえよ！」

「……うーん」

「島村！　何にもしないで死ぬんじゃねえよ！　頑張れ！」

「……」

「……だめか。じゃ、考えてみよう。そんなに難しい名前じゃなかったって言ったな。例えば綾小路とか、そんなんじゃないんだな？」

「そう……もっと普通な感じだった気がする」

「……普通か。佐藤とか」

「……佐藤じゃなかったと思う」

「……加藤とか」

「……加藤でもなかったと思う」

「……全然違ってるか？」

「うーん、そう言われると全然違うって感じでもなさそうな……ごめん、何とも言えない」

「この際、何でもいいから少しでも手がかりになりそうなものに縋り付くしかないだろ。全然違うってわけでもない……ひょっとして〝藤〟の字は当たってるんじゃないのか？違うか？」

「うーん、言われてみればそんな気もしてきた……」

「よし！　じゃあ、藤を含んでるんだ。例えば藤原、藤山……どうだ？」

「……うーん……」

「近づいてきた感じがするか？」

「……言われてみれば、何となくだけど……」

「何となくってのは多分無意識が反応してるんだろう。近いと思うぞ。あと一息だ。藤沢、藤島……」

「うーん……」

「藤田！」

「あ、それ、何となくそんな気がする……それだったかもしれない」

「それだ！　無意識の記憶があるからそんな気がするんだよ！　藤田家だったんだよ！」

「……そう、うん……藤田……そうだった。藤田だ」

「よし。じゃあ、後は誰か一人藤田さんに死んでもらわなきゃならんわけだ。俺の知ってる限りで候補になりそうなのを至急探してみる。一時間以内にまた連絡するよ」

「うん、有難う、高橋。何から何までごめんな。お前に相談して本当に良かった。命の恩人だよ」

「馬鹿、いいんだよ。言っただろ、俺はお前を死なせるわけにはいかねえんだ。いいか、絶対に希望を捨てるなよ。必ずうまくいくと信じるんだぞ。じゃ、また後でな」


……やれやれだな。それにしてもここまで誘導が上手くいくとは思わなかった。島村の奴は、元々気が弱くて断ることが出来ない、強く言われると簡単に暗示や刷り込みにかかっちまう性格だから、いけるとは思ったけどな。夢の話を聞いた時、どうせ名前は覚えちゃいないだろうと踏んで咄嗟にあんな話を考え付いたんだが、我ながら上出来だったぜ。それにしても、あの藤田のクソ野郎……俺が先に目をつけてた彩子を横取りしやがって。これで首尾よくあいつが島村に殺されりゃ万々歳ってわけだ。その島村も例の夢を見た所為で、多分死んでくれるだろう。運命を元に戻すなんて、俺が考えた出まかせだからな。そうなりゃ死人に口なし、完璧だぜ。ひっひひひ。

帰れない

想夏

朝の通勤電車はいつものように満員で混雑していた。都内の会社に勤める水野幸也も、いつものようにスマホを握りしめて夢中でゲームをプレイしていた。

降りる駅に到着してホームの階段を下りて改札を出るまで、歩きながら夢中でゲームを続ける。

「歩きながらゲームするのは危ないわよ」

彼女の朱美に注意されたが、習慣になってしまったものは、良くないとわかっていても、なかなか改められないものだ。

「ちゃんと前を見て歩かないと迷子になって帰れなくなるかもよ」

朱美は笑いながら幸也をからかった。

「迷子って子どもじゃあるまいし」

「だってわたしがいるのにゲームばっかりしてるじゃない。それにね」

なかった。

「それに？　それに何？」

含みのある言い方にイラッとしながら聞き返す。すると朱美はこう言った。

「ながら歩きをしてると、いつにの間にか知らない場所に行ってしまうらしいよ」

そんな話は聞いたことがない。そう言ったら、朱美は意味ありげに笑うだけで何も答えなかった。

（そんな……都市伝説じゃあるまいし）

幸也は取り合わず、すぐにそんなやり取りをしたことも忘れたのである。

その朝も、幸也はいつものように駅の構内を歩きながらゲームをやっていた。ホームから階段を下りて改札を出るまで夢中になっていたが、ふと違和感を感じて目を上げた。

誰もいない。

いつもの路線を乗り換えるために急ぎ足で流れている人の群れがいない。振り返ると誰もいない改札口とその向こうの駅構内が見える。

ガランとした駅。

「なんだこれ……」

幸也は唖然として駅から外に出た。いつもは通勤途中のビジネスマンが行き交う交差点も誰もいない。タクシーもいないし車も通らない。

シーンと静まり返った街は不自然で不気味だった。

幸也が茫然として誰もいない通りを眺めているとスマホが鳴った。画面には「非通知」の文字がある。普段なら非通知コールには応答しないのだが、予感のようなものを感じて電話に出た。


「もう帰れないよ」


女の声がそう言うと電話が切れた。背筋をゾクッと寒気が走る。

なんだよこれ……誰だこの女……。

どうなってるんだ……どうして誰もいないんだよ……。

とりあえず会社に向かおうと歩き始めると、またスマホが鳴った。さっきと同じ非通知コールだった。

「もう帰れないよ」

電話に出るとさっきと同じ女の声が言った。

幸也は思わず叫ぶ。

「待って！　切らないで」

通話は切れなかったが何も聞こえない。

「教えてくれ。俺の電話番号を知ってるなんて君は俺の知り合いなのか？」

「もう帰れないよ」

さっきと同じ調子で女の声が言った。

「いったいどうなってるんだ。誰もいないなんて。俺はどうすればいいんだ」

幸也は電話に向かって叫んだ。訳が分からずパニックになっている。

「今からそっちへ行くわ」


女の声が言って電話が切れた。心なしか声に嘲りが含まれているような気がする。

なんだこれ……。

通話が切れたスマホ画面にマップが表示されている。

よく見ると幸也が立っている周辺の地図が表示されている。

そして地図の上をマーカーが動いている。

おかしいな……俺は動いていないのに……。

マーカーは幸也の二百メートルほど後方の交差点に差し掛かっていた。ハッとして振り返ると、赤い服を着た女がこちらに向かって歩いてくる。

助けに来てくれたのか……。

女はフードを被っていて顔がよく見えないが、口元が笑っているように見えた。

それを見て、なぜか幸也のうなじの毛がチリチリと逆立ち肌に鳥肌が立った。

逃げたほうがいい……早く逃げろ……。

心の声に突き動かされて、幸也は女とは反対方向に全力で走り出した。背後で女が追ってくる気配がする。

角を曲がり、飲み屋の脇にある細い通路に逃げ込む。女が通路の前を通り過ぎた。手に大きな剣を持っている。

幸也は直感した。追いつかれたらあの剣で殺される。今までゲームの中で殺してきたモンスターのように。

握っていたスマホに気づいて画面を見ると地図が表示されたままだった。マーカーは幸也から少し離れたところを動いている。

そうか……このマーカーはあの女の位置を示しているんだ。それなら、この地図を使って逃げられるな。

地図上のマーカーが離れた隙に、細い通路を出て会社の方向に向かう。会社に着けば何とかなるかもしれない。

歩き出そうとした時、彼女の朱美を思い出した。そうだ……電話してみよう……この状況から抜け出せる手がかりがつかめるかもしれない……。

数回のコールのあと電話が繋がった。

「もしもし……」

「朱美？　オレ、幸也だけど。あのさ、そっち異常ないか」

「……」

「朱美？　聞こえる？　今、変なことが起きていて……」

すると朱美の声が言った。

「もう帰れないよ」

ゾッとした幸也はスマホを落としてしまった。我に返ってスマホを拾うと電話は切れていた。


なんだよ……朱美までおかしくなってる……とりあえず、会社に行ってみよう。

隠れている通路を出て、いつもは人が並んでいる筈の誰もいないバス停を通り過ぎる。

どうなってるんだ……みんなどこへ行ってしまったんだ……。

それとも俺がおかしいのか……。

会社に向かって急いでいる幸也の前方に、赤い服の女が現れた。

馬鹿な……あの女はやり過ごしたはず……。
ハッとしてスマホの地図を見ると、マーカーが二つに増えていた。
しまった……考えごとをして地図を見てなかった……とにかく逃げないと……。
踵を返して走り、誰もいないコンビニを曲がったところで赤い服の女とぶつかった。

「あがっ……」

赤い服の女を抱きかかえた格好の幸也の背中から、剣の切っ先が飛び出している。

「だから言ったじゃない」
「君は、朱美……ぐはっ」
「歩きながらゲームしたら危ないって。だから……」

剣がズルッと引き抜かれた。

どうして朱美……あれ……朱美って誰だ……。

そういえば……俺には彼女なんていなかった……。

その場に崩折れて、遠のく意識の中で、幸也は朱美の声を聞いた。

「もう帰れないよ」

帰れない

かわいくろねこ

黒井之みち

黒い猫がいる。かわいい、綺麗な猫だと思った。首輪はついていないが、毛並みが良くて貫禄がある。日に当たりながら座っている彼の目つきは凛々しいのにけだるげだった。私は一目見てその猫に心を奪われてしまった。

僕はネットサーフィンが好きだ。特にSNSサイトでのつぶやきを見るのが好きで、気になるつぶやきがあるとその人のホームに飛んでそれを確認してしまう。それで時間をつぶしてしまうのだが、無駄な時間だとはあまり思わない。余暇を何に使うかは個人の自由だし、僕はこのSNSに転がっている雑多な、生活感のある情報が好きなのだ。今日も特定の誰と言わず、気になるつぶやきがないかと探している。今日の日時を遡っていくと、目が一つのつぶやきに吸い寄せられた。かわいらしい桜色のネイルをアイコンにしているあたり女性だろう。

Asami@asamiKWol　2019年2月16日　21時35分
家の中に猫がいる気がする。昨日呼んだときは入ってこなかったはずなのに、おかしいな。いつの間に入って来たんだろう。

猫が勝手に家に入るなんてことはそうないはずだ。それこそ、勝手口がいつも開いているとか、網戸をしないで窓を開けていたとかしない限りは。しかし、今は冬だ。違和感がある。そのつぶやきが気になり、その人のホームに飛ぶ。トップページを飾っているのはつやつやの黒いハイヒール。僕はあまり女性のファッションに詳しくないけれど、そのヒールが高そうだというのはわかった。値段的にも、かかとの高さ的にもだ。他のつぶやきからOLとしてうまくやっているのだということがわかる。写真欄を覗いてみて驚いた。知っている場所が写っている。そこでようやくユーザー名に思い当たった。あざみかわ。そこから女性らしく濁音を取り払ってアサミとしたのだ。IDもアサミと川、OLから取っているのだろう。

「随分ガバガバだな……特定されるぞこんなの」

僕はその女性を『関わったら身バレの危険あり』という脳内フォルダに突っ込んだ。ネットリテラシーなんてあったものじゃない。そしてやはりおかしいと思った。浅見川市の冬は雪に閉ざされている。勝手口も窓もそう開ける必要はない。写真欄からつぶやきに戻り、気になる猫の話が出るところまで遡る。

Asami@asamiKWol　２０１９年2月15日　19時50分

あの黒猫ちゃんを家の中に誘いたかったんだけど、呼んでも出てきてくれませんでした。残念。もう少し時間がかかるのかな。

Asami@asamiKWol　２０１９年2月15日　18時45分

玄関先に置いておいた猫缶食べてくれた！　全部きれいに食べてくれたのが嬉しい！

[写真を見る]

Asami@asamiKWol　２０１９年2月14日　8時50分

今日はあの黒猫ちゃんが家のすぐ近くのスーパーにいました！　動いちゃって写真はうまく撮れなかったけど、まるで私の家についてきてくれてるみたい！

［写真を見る］

Asami@asamiKWol　２０１９年2月13日　17時50分

黒猫ちゃん、テリトリーとか大丈夫なのかな。最初に見かけた会社近くの駐車場からだいぶ離れたところまで来ちゃってるけど。

流石に住所がわかるようなつぶやきはないが、それでも今のつぶやきの時間帯から、だいたいの業務時間がわかる。おそらく平日九時から十七時前後と言ったところだろう。歩いている最中に黒猫と遭遇して写真を撮ることができているあたり、徒歩で通勤しているかスーパーの近くにバス停があり、そこからバス通勤しているか。更につぶやきを遡ると、黒猫と出会ったのは今月の一日であるということが明らかになった。どうやらこの黒猫は女性が見かけるたびだんだん女性の家に近づいているようだった。奇妙な話だ。確か猫というのはこの女性の言う通り、ある程度のテリトリーがあって、そこから離れるようなことはあまりしないはずだという知識は僕も持っている。よほどこの女性が気に入ったのか、それとも。つぶやきに添付されている画像を開く。確かにそこには黒猫が写っていた。しかし動いてしまったのか、どれもこれも妙にぶれていてはっきりしなかった。僕はそれ以上過去に猫の話がないかを二か月ほど遡って確認したのち、女性のつぶやきのトップに戻る。新しいつぶやきが追加されていた。

Asami@asamiKWol　2019年2月16日　22時5分
やっぱり猫がいる気がする。なんだか視線を感じるような。振り返ったら黒い鞄だった。一瞬猫に見えてドキッとしちゃった。

五分前の投稿だ。ただの勘違い。猫飼いが物と猫を見間違えるというのは良く聞く話で、それこそ大手掲示板の話には『よそ見しながら猫を撫でていたら猫じゃなくてティッシュ箱のティッシュを撫でていた』なんていう笑える投稿があったりする。けれどこの黒猫の持つどことは言い切れない異質さが、このつぶやきを不気味なものにしてしまっている印象があった。しかし、これ以降のつぶやきが無いとこれ以上何が起こるか知ることはできない。そこで僕はこの顛末を知りたくて次の投稿を楽しみにしている自分に気が付いた。

なるほど、これはしばらくこの人を覗き見てもいいかもしれない。僕はその女性のホームのURLをコピーする。スマホのメモ帳に貼り付けて、『黒猫の人』と題する。これでいつでも見に行ける。フォローはしない。認知されたいという気は全くないからだ。僕は安全な影から、この奇妙なつぶやきを追っていたいだけなのだから。メモ帳には五十ほどURLが連なっている。ようするにこれはお気に入りリストだ。気になってしばらく追いたいと選抜された人たちのホームがここに並んでいる。

「あ」

そういえば二年前から更新が止まっていた人物がいたのを思い出した。良く、「アレが来る、鏡や窓からアレが来る。夜が怖い」と呟いていた精神異常者のアカウントだ。小学校のころからずっと幻覚が見えていたらしい。幻覚が激しいのだろう夜、鬼気迫るつぶやきをしていたからそれを見るのが楽しみだった。しかし、二年も更新が無いとなれば。

「死んじゃったか、壊れちゃったかな」

残念残念、そう言って僕はＵＲＬをメモ帳から削除した。そしてまた、あの女性のホームに飛んで更新がないことを確認する。暫く楽しめそうだなと思った後、僕はスマホゲームを起動した。

やっぱりおかしい。今日はなんだか、何かの気配をひどく感じる。猫、だと思う。私の家に人間が隠れられるようなスペースはどこにもない。かといって、猫が隠れられるスペースがあるかと言えばそれもまた疑問だ。そこまで広くないロフト付きのアパートで、部屋はロフトと寝室、ダイニングキッチンがあるだけ。確かにそれぞれの部屋に死角はあるけれど、とても猫が私の目を避けて隠れきれるとは思わなかった。それでも、何かの気配は確かに感じる。それが猫だということをなんとなく私は確信してしまっている。非常に奇妙な状態だ。お風呂に入っているときも、曇りガラスの向こうにあの猫が座っているような気がした。怖いとは思わなかった。だって、それこそ昨日は部屋の中に招こうとしたくらいなのだから。私はあの黒猫との出会いを回想する。二月の頭、晴れた寒い朝だった。久しぶりにしっかりとした陽射しが浅見川の、真っ白な雪化粧の道を照らしている日。積もった雪の結晶たちがきらきらと騒がしい、息すら凍るような日だった。前の夜晴れると、次の日は酷く冷え込む。朝日などでは氷を溶かすことすらできない。顔が痛いくらい冷たい朝の空気は、大きく吸こんだら咳き込むほど。清々しい朝だった。

それは駐車場にポツンと座っていた。日の当たる駐車場に、一匹だけで座っていた。白と黒のコントラストが私の目を引いたのだ。もとから猫好きだったというのも大きな要因だったと思う。そこを差し引いても、堂々たる小さな獣の存在感は大きかった。私が通勤の足を止めてしまうくらいには。獣はじっとこちらを見ていた。やや細くした金緑の目がちらちらと燃えているようだった。少しでもいいから触れ合ってみたい。そんな気持ちが私の中に芽生える。私は黒猫から目を少し外し、警戒されないようにそろそろと近付いた。逃げない。意外と人懐っこいのかもしれない。そう思ってもう一歩近づき、屈もうとしたとき。パッと雪を蹴って駐車場に停まっている車の下に走って行った。慌てて追いかけて車の下を覗き込むがすでに猫の姿はそこに無かった。素早い。あれだけ素早いから、こんな厳しい冬の時期でも立派な体格を保っていられるのだろう。あれだけ綺麗な猫だ、もしかしたら餌をくれる人がいるのかもしれない。と、背後から視線を感じた気がして体を起こしながら振り返る。そこにはただ、自分の影が雪の上に淡く伸びているだけだった。

それからもう半月。まだ一度もあの猫に触れたことはない。触れようとするといつも何かに隠れてしまい、そこから全く姿が見えなくなってしまうのだ。それなのに、猫はどうしてか、私の家に近づいてくる。でも、猫なんて大体そんなものだ。そんなにすぐ仲良くなれるわけじゃない。それなのになぜ、家に入ってきている気がするのだろう。ついてきた理由もわからないと言えばわからない。黒猫が視界の端に映った気がして振り返る。電気ケトルだった。蓋が黒いだけなのに猫と見間違えるなんてどうかしてる。私は背もたれを倒したままのまっ平らな座椅子にひっくり返った。つぶやきアプリを立ち上げ、『本当に猫がいたらどうしようかな』とまで打ち込んで、文字を消した。書き直す。

Asami@asamiKWol　２０１９年2月16日　22時15分

猫がいたときのために、飲み水と缶詰を用意しておこうと思います。明日になって減っていたら、本当にいるってことだよね。いるならいるでちゃんと姿を見せてほしいけど、お腹をすかしてしまったらかわいそうだし。あと、トイレの代わりになるかわからないけど、箱も置いておこうかな。

投稿されたのを確認して、私は寝転がったまま伸びをする。あとはつぶやき通りに猫の餌を用意して、洗濯物を干して寝るだけだ。昨年買い替えたばかりの洗濯機が静かに私のブラウスを洗ってくれている。歯磨きをその間にしてしまい、洗濯物を干す。お気に入りの柔軟剤のにおいがする冷たい洗濯物。本当は朝に洗濯ができたらとても清々しいのだと思うけれど、バスの時間が早いから朝の洗濯物は辛い。私の次の目標はマイカーを持つことだ。私は猫缶と水をそれぞれキッチンの隅に用意し、少し離れたところにちぎった新聞を盛った箱を用意した。トイレだと伝わると良いのだけれど、と思いながら電灯を消す。家の中が真っ暗になった瞬間、暗闇に猫の目が光った気がして慌ててもう一度電灯をつけた。――いない。気のせいだったみたいだ。今度はスマホを光らせて電灯を消した。やっぱり、猫の目みたいに光るものなんてない。私はそのまま寝室に向かい、ベッドの中に潜り込む。視線は今感じない。ただの見慣れた、自分の寝室。猫がいるかいないか、きっと明日はっきりするだろう。

そして私は、猫がいるということを確信した。猫缶はきれいさっぱり食べられており、水の量もかなり減っている。喉が渇いていたのかもしれない。

「ごめんね猫ちゃん。それならもっと早く用意してあげればよかったね」

歯磨き、洗顔、化粧。いつも通り自分の身支度を始める。そうしながらあたりを探し、猫の姿を確認しようとした。食器棚の上やベッドの下、洗濯籠の中まで確認するがやはり見つけることはできない。トイレには何もなかった。

「猫ちゃん？　私もう出勤しちゃうから、このままだと家に閉じ込めちゃうよ？」

すでに昨日一晩は閉じ込めている。私は玄関のドアを開けたままにして、寒さをこらえながら朝ご飯を食べた。出ていってくれたら、今日の仕事の間心配しなくていいのだけれど。玄関回りの雪の上に猫の足跡がないことを確認してから餌と水を用意して出勤する。今日は曇天。また雪が降りそうだ。

Asami@asamiKWol　２０１９年2月17日　8時50分
猫ちゃんはやっぱり、家の中に入ってたみたいです。餌は全部食べてたし水もだいぶ減っていました。でもまだ見つかりません。そんなに隠れる場所ないと思うんだけどな。出かけるまで玄関を開けておいたけれど、出て行ってる気配はないなぁ。今日の帰り、猫の餌を買わないと。

僕は昼休みに女性のつぶやきを確認した。猫が家にいることが確定したらしい。これだけ生活のことを呟いているし、通勤に車を使っていないところから年齢は二十代半ばの、ネットを舐めている世代だろう。そんな世代の女性が一軒家に一人暮らしというのは考えにくい。そして、出てすぐの場所に雪が積もっているとなると玄関に雪避けフードがないタイプの家なのだろう。かつ、一階だ。浅見川市の昔ながらのアパートは玄関口が共通の雪避けフードに繋がっていて二階の家へ向かう階段が収納されているタイプが多い。しかも猫を迷うことなく招き入れていることからしてペット可。そこそこ新しい、良い物件に住んでいるようだ。一人暮らしと断定したのは、猫についての相談をした相手がいるという発言もないし、つぶやきを遡ってもそれらしい話はないからだ。彼氏もいなさそうだと見ていいだろう。

もしこれが外れていたらこの女性はネットでの自分づくりに非常に長けているということで僕が一本取られたことになる。それはそれで面白い。僕はスマホをポケットに突っ込みなおした。そこで向かいに座っている部署違いの先輩が昼ごはんの唐揚げをほおばりながらこちらを見ているのに気が付く。「どうしました？」と声をかけると口に手を当てて唐揚げを嚥下したあと、口を開く。

「ずいぶん楽しそうだったから。彼女でもできたかと思った」

「まさか」

「違うなとは思った。それとも何か面白いものでも見つけたのか」

「そうなんですよ。最近、黒猫を拾った、と言うか、黒猫を家に招いたって人を見つけましてね」

先輩は口をきゅっと結ぶ。おそらく『またこいつは人の個人情報を盗み見ているな』と思ったのだろう。しかし僕は、先輩が猫好きで、家には黒猫とさび猫がいるということを知っている。だからそのお小言が口から出ていないのだ。それをいいことに僕は言葉を続ける。

「二月に入ってから、黒猫に出会ったみたいなんですよ。それが会うたび会うたび、自分の家に近い場所で会うようになったそうで。それで昨日、ついに家の中に入って来たみたいなんですけど、その猫の姿が全く見えないんだそうです。餌や水は減ってるみたいなんですが、どこにいるかわからないようで……先輩？」

話せば話すほど先輩の眉間にしわが寄っていったのを見かねて僕は声をかける。先輩は難しい顔をしたまま、もう一度唐揚げを口に放り込んだ。ゆっくり噛んで嚥下して、先輩の真っ黒に近い色をした、鏡みたいな黒目がこちらを見る。

「去年十一月ごろ入院に来た、左橈骨遠位端骨折の七十八歳女性、４１３号室から退院した人覚えてるか」

「ああ、あの眼鏡かけた鷲鼻の人ですっけ」

「そうだ。あの人も黒猫の心配をしていたんだ。最近拾った子を置いてきてしまったから心配だって。知り合いに餌やりはお願いしたけど、大丈夫かしらって。その人もたしか、黒猫が家についてきたって言ってたはずだ」

そういえばそうだ。僕もその人に関わったことがあるから覚えている。黒猫のことを心配していた。餌やりをしてもらえるなら大丈夫だろうと思っていたが、あまりにも心配しているから少し不気味にすら思えたのだ。嫌な予感がした。もう一度スマホを取り出し、あの女性のつぶやきを見に行く。

Asami@asamiKWol　２０１９年2月17日　12時43分
お昼休み！　今日のご飯は鶏むね肉のサラダとサンドイッチです！　うまくできてよかった、美味しい！
猫ちゃんも今頃、ちゃんとご飯食べてるかな。多分家の中にいるのよね。帰りに猫カリカリ買ってこなきゃ。暖房はついてるから大丈夫だけど、心配だなぁ。
［写真を見る］

「確かあの患者さん、事故当時の記憶がないって言ってたな」

僕は先輩の言葉を聞き流す。昨日見た写真の黒猫が笑った気がした。大きな、真っ赤な口を開けて。僕は美味しそうに弁当を平らげた先輩に縋ることにした。

「ね、先輩、帰り時間くれます？　夕飯おごりますんで」

「ただいま猫ちゃん！　大丈夫？　帰って来たよー」

私は手に猫カリカリの入った袋を持って帰宅する。真っ先に確認したのは餌と水だ。

「あれ？　減ってない……」

朝に用意したそのままの状態だ。私は首を傾げる。家からは出ていないはず。だってこんなに気配は感じるのだから。

「猫ちゃん？　おなか減ってないの？」

やっぱり返事はない。でもいるはずだ。私はぱさぱさに乾いてしまった猫缶を捨てて皿を洗い、カリカリを入れて餌場に置く。水も取り換えた。どうしたものだろう。病院に連れて行こうにも姿が見えないから捕まえることもできない。そう考えたところで、そういえばキャリーケースなども持っていないことに気付く。猫の寝床もない。しかし、姿の見えない猫に対して、どんなものを用意したらいいのかわからない。大体の大きさだとかは見て知っている。けれど、どんな素材の、どんな形のものが好きなのかはわからない。それに、ここに居ついてくれる保証だってないのだ。

私はそこまででいったん考えるのを止めようとした。それなのに脳裏には猫の目が、黒い姿がちらついている。また無造作に置いた鞄を猫と見間違える。猫。猫。猫。夕飯を作っていても、玉ねぎは使わないようにしようだのと思ってしまう。美味しい鶏むね肉が食べたい。ぼーっとしていて鶏肉のソテーを焦がしかける。普段はこうやって焦がしそうになったりしないのに。付け合わせの野菜が思いつかない。アスパラとベーコンでいいかな。簡単だし、美味しいし。私は作り終わった食事を写真に収めると食べ始めた。鶏肉のソテーは美味しい。でも、いつもよりアスパラは美味しいと思わなかった。

Asami@asamiKWol　２０１９年2月17日　19時38分
猫ちゃんはご飯食べてませんでした。でも絶対気配はするんです。間違いなくいると思

うんです。どうしてこんなに見つからないんだろう。黒いものもそうでなくて猫に似た形のものも、全部猫に見間違う。猫猫猫。にゃんって鳴いてみても返事はない。にゃぁーーん。

Asami@asamiKWol　2019年2月17日　19時55分
ご飯を食べても、猫ちゃんの姿が見えないのが心配で、なんだか食べた気がしません。黒猫ちゃん、どこにいるんだろう。

Asami@asamiKWol　2019年2月17日　20時5分
なんだかさっきからずっと猫ちゃんのことを考えてる気がする。だってやっぱり視線を感じる。にゃあ、にゃあ。鳴き声を聞いたことはないのに、耳鳴りみたいに猫の鳴き声が聞こえる。

「いやどう考えてもトチ狂ってるでしょ」
「正気、とは思えないな」
僕は向かいの先輩に見せていたスマホを引っ込めた。さっきから女性の更新がひっきりなしになってきている。先輩は二杯目のワインを煽っている。細い体のくせに食べる量も飲む量も一人前だ。しかも肉が好きときた。昼間の唐揚げなど忘れたようにステーキをぱくついている。おごりはワインだけですよと釘を刺すと、わかっている、と言うように手を翻した。

「で、私を呼んだのはなんでだ」

「先輩オカルト好きでしょ。こういうのに詳しいんじゃないかって思って。それに、こんなの僕ひとりで調べるの怖いですもん」

オカルト好きだの詳しいだのを聞いた途端に先輩は渋い顔をする。ちびり、とワインをもう一口。

「多少本で読んだようなのを知ってるだけだ。とりあえず、もしもこの黒猫の目撃情報が他にもあるなら手掛かりになる可能性がある。調べてみよう」

先輩は自分のスマホで検索をかけ始めた。僕もならって検索を始める。

「浅見川だけなんですかね、こういう噂」

「さてな。黒猫、着いてくる、浅見川……ふむ、数件あるみたいだけどそう手掛かりにはならないな」

「自分の住所がわかるような情報出してる人はそうないでしょうからね。黒猫、怪我、着いてくるで調べてみます。うわ野良猫情報ばっかり」

「じゃあ近域に絞るのは？」

「あ、だいぶ減りましたよ。でも、全部調べるのは骨が折れそうです」

先輩はまた難しい顔になった。スマホをテーブルにおいて、集中するように虚空を見つめ、何か考え始める。

「迷い猫……そうだ、迷い猫だ。どこにいるかわからない猫なら、居なくなったと思った人が探してるんじゃないか？　黒猫、迷い猫、浅見川市で調べてみてくれ」

なるほど、と頷きながら調べる。ブログ、つぶやき、迷い猫情報板。様々なものが検索で上がる。画像欄は——写真写りの悪い、ぶれた黒猫でいっぱいだった。

「ビンゴだな。このブログ見てみろ。黒猫と会って、家に招いてそう経たずに交通事故に遭ってる」

「こっちはおばあちゃんが猫を探してたみたいですね。そのおばあちゃん、なぜか毒のある野草を食べて救急搬送されたみたいですね」

「大方山菜と間違えたんだろう。こっちも黒猫を飼う、ってなった時から更新が止まって、三か月後に復帰してる。詳しく書かれてないが入院生活をしたことがその後のブログに出てるな」

わかる範囲で言っても相当の数だ。あのぶれる黒猫を写真に撮り、家に招き入れている人物はすべて、何らかの怪我や病気をしている。

「疫病神みたいだ」

「それか、怪我を知らせる前触れか。しかし分かったことが一つある。家に入れなければいいんだ」

「こんな見えないようなのを？　どうやって？」

「わからん。まあオカルトではよく、『霊的なものは招かれないと入ってこれない』と言うしな。餌を用意しないこと、それと、猫を認識しないことだ。見間違えたりとか、そういうのはダメなんだろうな。特に家の中では」

僕はしばらく考えたあと、意地悪く先輩に笑って見せた。

「先輩の家の黒猫と見間違わないようにしないとですね」

「馬鹿言え。とにかく、もうこのつぶやきやブログも見ないほうがいいだろう」

先輩が軽く下唇を噛む。言いたいことは僕もわかっていた。


猫、猫、猫。なんだか頭が痛い。耳鳴りみたいな猫の鳴き声はさっきよりどんどんひどくなっている。電灯が眩しい。電気を消した。そうしたら猫の目が暗がりに光っていっぱい見える。きらきら、ぎらぎら。なんだろう。どうしてこんな風になっているんだろう。熱が出てきたのか寒い。ふらふらする。明日の仕事、いけるかな。いけない気がする。私はフローリングの上を転ばないようにそろりそろりと猫のように歩いた。布団に堕ちる影が猫に見える。猫。猫。猫。何匹いるの？　黒猫がいっぱい暗がりの中で遊びまわっている。ごうごう、しゃあしゃあ、うーうー、にゃあにゃあ。

「にゃあん」

月明かりが落ちる寝室の床の上、黒猫が一匹座っていた。金色の目は青い月の光に冴えて冷たい。優雅に尻尾を一度揺らす。やわらかい一本一本の毛先に月の光を飾らせて、私の顔をもう一度見上げた。鳴き声が響く。私の脳をぐらぐら揺さぶる。痛みが薄れる。それなのに、明日は仕事に行けないなと思った。にゃぐにゃぐ、にゃおにゃお。赤、緑、青、黄色。紫、橙、水色、朱色。色とりどりの目を持つ猫が踊っている。ニタニタ笑いながら、四つの足で、二つの足で踊っている。猫たちが狂宴を開いている。にゃぐにゃぐ、んにゃんがにゃんが。私はいつの間にか猫たちにまじり、大声で叫びながら踊っていた。部屋なんてもうわからない。ここにあるのは月の光と、黒猫と、猫の色とりどりな目、目、目。きっと私の部屋は地平線まで広がった。猫と一緒にどこまでも。真っ赤な真っ赤な口を開けて笑おう。

目を覚ます。すっきりとした目覚めだった。口の中がやたら乾いている。お水が飲みたい。寝床のふかふかを越えて、水場に向かう。大きな水溜まりが白いつるつるの床のところにある。あまり新鮮なお水ではないけれど、たくさんあるからいつでも飲める。お腹が空いた。床に食べ物がいっぱい散らばっている。歯ごたえのある、美味しい食べ物を一口一口拾う。美味しいけれど喉が渇く。私はもう一度水を飲みに行った。なわばりを歩き回り、においを付けて回る。体に何かまとわりついているけど、これが無いと寒いし、何故だかよくないというのを知っているからそのままにしている。でも、煩わしい。窓辺に座ろうとしたところで、四角くて硬い変なものがぶるぶる震えて大声を立て始めた。なんだったかな。結構大事なものだった気がするけれど、よくわからない。前足でつついてみる。鳴りやまないし震えが伝わってきて不快だ。ああ、これはスマホだ。これを使わなきゃ。でも、どうだったかな。人差し指でなぞると音が消えた。きっとこれでいいのだろう。もう一度窓辺に寄ろうとしたとき、住処の外から大きな音がした。ドンドンドンと何かが叩いてくる。私は音に向かって蛇の声を出した。外でも何か叫び声が聞こえる。怖い。うるさい。誰？

住処がバン！　と音を立てて侵された。ここは私の住処なのに、誰！

何度も蛇の音を出し、唸り声をあげて威嚇する。それなのにその生き物はずかずかとこちらに近づいてくる。私は伸びてきた前足を打ち払い、四つ足で住処から逃げ出した。

Asami@asamiKWol　2019年2月18日　2時48分
わたしとねことねこはわたし
［写真を見る］

結局あの女性のつぶやきの更新は、先輩に相談したその日の夜を境に終わっていた。そこから四日、本日二月二十二日まで何の音沙汰もない。僕は休み明けの出勤で、眠い目をこすりながら黒いヴィッツを転がしていた。浅見川市の冬は真っ白だ。厳冬期である二月には、シーズンを通して出来上がった雪山が道の両側に出来上がっている。交差点や家の前では途切れるが、道に沿って続く。幼いころはこれが小さな山脈に見えた。よく登って遊んだものだが、車道側に転げ落ちた子供と自動車の接触事故があってからは、雪山に登るのは禁止された。五年位前だったか、もっと前だっただろうか。考えながら車を走らせていると、目の前を黒いものが横切った。猫！　と左にハンドルを切りブレーキを踏む。

雪道の急ブレーキは危険だ。車体が大きくスリップした。ガンという音。やってしまった。嫌な感触を感じた。ヴィッツは今雪山に乗り上げるようにして止まっている。とりあえず、状況を確認しないと。雪山が崩れないように注意しながら、窓からあたりを見回す。雪の上に点々と血の跡がついていた。

「！」

僕は車を降り、すぐさまスマホをダイヤルする。耳にあてながら倒れている〝人〟のもとに向かった。その人は冬だというのに寝間着姿に裸足だった。女性。救急隊員に住所を伝えながら、女性の頸動脈に手を当てる。健康そうな脈と血圧だ。頭を打ったわけではないようだが気を失っている。折れてしまった右腕がだらんと垂れているが、体を丸めるように倒れている。それはまるで、猫が硬直している時の姿勢に見えた。ぞっとした。もう猫は嫌だ。女性にコートをかけて少しでも保温しようとしさらに気付いてしまった。薄汚れた、桜色のかわいらしいネイルには、見覚えがあった。

遠くからサイレンが聞こえる。僕は雪の上、僕らをあざ笑う黒い影を見た。それは女性の最後の投稿に添付されていた画像にいた。先輩の言葉を破って画像を見たときは冗談だと思っていた。そう思わなければいられなかったのだ。あれが猫なんかに見えていたのか、僕らは。赤、緑、青、黄色。紫、橙、水色、朱色。色とりどりの目を持つ——それは猫などではない。にんまり笑う真っ赤な口をした、人間の理性や幸せを融かして吸って食ってしまうような形状の化け物であった。化け物が走り去った後、救急隊と警察が来る。その後で僕は先輩に電話をかけた。

「助けてください、先輩」

私は右腕の骨折と両膝の擦り傷、右肩と腰の打撲だけで一命をとりとめた。ドライバーさんがとっさの判断で車体を横にしてくれたため、衝撃が分散されたという説明を受けた。ドライブレコーダーに映っているものはにわかには信じがたいものだった。四つ足であんなに自分が速く走っているなんて。出来の悪いコラージュ動画だと思いたかったが、救急搬送されたときの記録と、びりびりに破れてしまったパジャマが真実であると裏付ける。私は会社を四日も無断欠勤していたらしい。心配になって自宅に来た会社の人と母の手をすり抜けて、車道まで走り抜けたのだと教わった。やっぱり実感がわかない。私はベッドの上でぼんやりと過ごしていた。ベッドに空きができ次第、今いる整形病院から精神病院に転院することになるらしい。それはそうだろうと思う。私から見たって、私のしたことは明らかに異常だ。

「私、どうなるんでしょう」

「詳しくはあちらで、精密検査を受けてからということになりますが、そこで異常が無ければまた社会復帰できると思いますよ」

「少し怖いです」

その人は頷いて、真摯に話を聞いてくれる。入院当初から、私の薬の管理をしてくれているのはこの人だ。今は眠剤が私の夜を穏やかなものにしてくれる。でも、と私はもう一度口を開いた。

「自分でしたつぶやきとは思えないんですけど、あの写真に写ってたくろねこちゃんは、もう、私の家にはいないと思うんです。もう、きっと、別のところにいると思うんです。だから私は、くろねこちゃんの心配はしてません。きっと、あの子は次に行くべきところを見つけたんだと思いますから」

彼女の病室を出て、私は目を細くした。あの朝の、後輩の電話を思い出す。黒猫の行先には、心当たりがありすぎた。怪奇はまだ、終わってくれない。

私は白衣を翻して、仕事のことと黒猫のことを並行して考え始めた。

かわいいくろねこ

噂〜rumorsというサイト

花野未季

平成三十一年三月某日の話

エゴサーチ。

誰でも一回くらいは試してみたことあるんだろうか。でも私は今までやったことなかった。

それなのに、なぜ昨夜《ゆうべ》、自分の名前なんて検索しちゃったのか。

「松金美咲」

ふと思い立って、パソコンの画面に入力してみた。

画面にざあっと類似した名称の文字列が流れる。

その中に目を惹くものがあった。

「松金美咲ちゃん、可愛い」

見覚えのないサイト名、その中に自尊心をくすぐる文章を見つけた。

私の名前は平凡なようで、その実、同姓同名の人はさほどいないような……。

サイト名は『ｒｕ‐ｍｏｒｓ』。

ハイフンは無視すると、『噂』？

開いてみると、「本日のおすすめ」という文字が出てきて、母校の写真がアップされているのが目に入る。

まさか……。ほんとに私のことが書かれてる？　いやいや、自意識過剰。

しかし、画面をスクロールしていった次の瞬間、私は衝撃で固まってしまう。

「なに、これ！」

私と高畑先輩が、お堀端《ほりばた》を仲良く歩いている写真が載っている。
写真のキャプは「美咲ちゃん、高畑先輩の奥様に悪いですよー」

誰もいないワンルーム、思わず後ろを振り返る。

私には秘密の恋人がいる。大学の先輩にあたる素敵な男性。先輩には奥さんがいて。でも先輩は、奥さんとは別れると言ってくれている。
写真は、去年の夏、ふたりきりで旅行に行った時のものだ。ご丁寧に2018／7／28と、日付までアップされている。
ふたりだけの秘密を共有してしまった日だ。
画像は、温泉街で先輩にしなだれかかる私だ。顔は見えないけど、紛れもなく私だ。

「こんなの……誰が撮ったの?」

全身にじわじわ冷たい汗がにじむのを感じる。
そのうち恐ろしいことに気づいた。画像がもうすでにいろんな人に見られていることに。

訪問者数は多いのか少ないのかわからないが、今現在五桁の数字。何回かリセットされているかもしれない。

しばらく呆然としていたが、何かせずにはいられなくて、高畑先輩にスマホでメッセージを送ってみた。

『先輩ｒｕ‐ｍｏｒｓってサイトご存知ですか？』
『知らない。何それ、ぐぐるわ』
『お願いします！　私たちの写真いっぱいアップされてるから』
『え？』

しばらくして返事が来た。

『そんなの見つからないよ』
『ｒｕとｍｏｒｓの間にハイフン入れてください』
『あ、なるほど。出てきたけど、外国のサイト？　英語ばっかかで読みたくねー』

耳の後ろのほうと心臓が、血流音が聞こえるくらい脈打っている。


『それに、このサイト気持ち悪いわ。もう閉じるね』

『気持ち悪い？』

『頭蓋骨の山とか死体写真ばっかり出てくる』


どうやら私が見てるのと、先輩が見てるのは違うもののようだ。


何かスッキリしないまま、親友の菜々子にも電話してみた。

菜々子だけは、私と先輩が付き合ってることを知っている。ふたりで旅行したことは言ってないけれど。


「菜々子、『ｒｕ‐ｍｏｒｓ』ってサイト知ってる？」

「うん、知ってるけど」

「そうなんだ。私はさっきまで知らなかった」

「いつからかな、学校でけっこう噂になってて。直接聞いたのは、多分キャシーからだったと思う」

キャシーはアメリカ人留学生だ。彼女は元々日本生まれなので、日本語も流暢に話せるシャイでおとなしい人。

「そうなんだ。明日キャシーに聞いてみよう」

「どうしたの？　なんかあった？」

私は思い切ってサイトに自分の写真があげられてることを話してみた。

「えー……」

なんとも奇妙な反応の菜々子に、私はどう答えていいかとまどう。

「何？　なんか怖いんだけど」

「あのね、あくまで噂なんだけど、そのサイト、復讐サイトなんだって」

「復讐？」

「法とかで裁けない恨みを晴らすサイトなんだって」

「……つまり、私と先輩は恨まれてるってことよね」


ようやく言った私の声は震えている。


「普通に考えて、先輩の奥さんから恨まれても仕方ないいね」

「へ？　先輩の奥さん？」

「何、その間抜けな声。どんなに巧妙に隠してるつもりでも、身近な人には美咲たちのことバレてるかもね」

「…………」

「あー、ごめんごめん。いやなこと言うつもりはなかったんだけど。こそこそしないではっきりさせたら？　って言いたかったのよ」

キャシーの連絡先を菜々子が知っていたので、それを聞き電話を切ったあと、しばらく落ち込んでいた。しかし落ち込んでいる場合じゃない。

私はサイトの隅々まで見て、サイト運営者を探すが見つからない。こういうことに得意な人に頼もうと思うが、思いつかない。

仕方なく、とりあえずキャシーに連絡した。

「キャシー、夜遅くごめん。ｒｕ‐ｍｏｒｓっていうサイトについて教えてほしいんだけど」

私は今自分が遭遇している危機的状況を説明する。

「美咲サン、そのサイトに狙われたら、もうどうしようもない。私もよく知らないけど、そのサイト誰が運営しているのか、目的は何なのかわからない」

「そんな！」

「画面見て。私も今、ネット見てるんだけど、あなたの写真は見つかりません。カタストロフィの写真しか見えない。最低《awful》！」

先輩が言ってた死体写真のことか。

「キャシー、このサイトが復讐サイトって本当？」

「そう言われてますね。私もよく知りませんが。ただアメリカでは、何人かターゲットになって、怪我したり亡くなったりしてます」


キャシーがさらっと言うのが怖かった。


「あの……逮捕された経営者、あの人も、しばらく前から写真載ってたみたいです。世界中に持ってる家とか、色々」

「社会的に葬る目的……」

「わかりません《I have no idea.》……あ、消えた。写真が変わって、普通のニュースサイトになりました。そういう感じなんで、果たして何がアップされてたのか、見た人によってバラバラでよくわからないままなんです」


がっかりして電話を切る。

私が見ている画面も、いつのまにか私の写真は消えていた。しかしキャシーの言うニュースサイトではない。動画がアップされて勝手に再生されている。

見慣れた部屋。これは……。私の部屋！

私は弾かれたように立ち上がった。

瞬間、ズキっと頭に痛みが走る。

こめかみを押さえながら、ぐるりを見渡す。

横目でパソコン画面を見ると、私と同じ目線で部屋が映し出されている。右、左、顔を動かすと、その通り画面は室内を映し出す。

ゴトッ。

右耳の後方から音がする。後方は玄関に通じる狭いキッチンだ。

ズルリ、ベチョッ、ズルリ、ベチョッ——

フローリングの床を何か大きな濡れたものが這いずるような音。

振り向いた瞬間、ありえないものが見えた。

黒い長い人間？　が床を這っている。

私のすぐ近くに迫ってきた。もやのようなその物体が動くたびに、床に血の跡が付いている。

それが素早く長い手を私に伸ばしてきた。逃げようとしたが、頭を鷲掴みにされる。

「ひいっ！」

ズルズルと音を立てながら、黒い塊が立ち上がり私に擦り寄る。

「うっうっうう、やめて、やめてえー！」

恐怖と痛みで立ちすくむ。

「むお――――ん」

モヤのようなその黒い人影は妙な音を発している。

「うわんうわんうわんうわんうわん」

幻聴？　頭の中に異音が響く。

「ごめんなさい、ごめんなさい！　許して！　今から自首します！　あんな事故起こしといてそのまま逃げたなんて、私たちどうかしてた」

黒い人間に頭をつかまれたまま、私は泣き叫んだ。

去年の夏、先輩と旅行したとき、私は運転中に人をはねてしまったのだ。

少しだけお酒は飲んでいた、ほんの少し。

先輩とふざけてキスしたりしてた、運転中に。

でも、まさか真夜中のあんな場所に人がいたなんて思わなかったし。
はねられた人があんなに飛んでしまうなんて知らなかったし。
山道から崖下をのぞいたけど、どこに落ちたかわからなかった……。

たしかにあの時すぐ通報すべきだった。
でも、でも先輩が反対したのが悪いのよ！
『俺の立場を考えてくれ』って。

エリートで将来の幹部候補生だし、もうすぐうまく離婚できるから、って言われたら逆らえないじゃない！　幸い目撃者もいない山中だったし。

「ごめんなさい、ごめ……ん……な……」

つかまれた頭がもげそうなくらい痛い。

私はそのまま意識が遠のいていくのを感じる。

平成三十一年四月某日

「おはようゴザイマス」
「キャシー、おはよ」
「菜々子さん、結局美咲さんは入院したままですか？」
「うん……」

私たちは新学期を迎えたけれど、美咲は新学期を迎えることができなかった。

あの日、美咲が変なことを言ってきた日の翌日、高畑先輩は突然の事故で亡くなった。先輩宅の近所の道路にワイヤーが張られていて、それにぶつかった先輩のバイクが転倒したのだ。

ワイヤーにまともに当たって吹っ飛んだ先輩の身体は、首が半分ちぎれかかっていたという噂だ。

同じ日の朝、美咲の部屋のドアが開いていて、彼女が大量の血を流し倒れているのが発見された。

脳出血を起こし、それが鼻血となって出たらしい。彼女はその状態で助けを求めて這っていったのだろう。玄関までの床にはびっしりと、ひきずったような血の跡がこびりついていた。

今はほとんど会話もできない、意識がはっきりしない状態だ。


「ｒｕ‐ｍｏｒｓというサイトはもう閉鎖されてるみたいね」

「アメリカのＦＢＩも調べているので、もうじき全容はわかるかな。でも、最初のサイト自体は、子どもがいたずらで作ったものだと思う」

「なんでそう思うの？」

「ネーミングが子どもの遊びレベルだから。『ｒｕ』というのは、ネットスラングで『are you』と同じ言葉。『ｍｏｒｓ』はラテン語で『死』という意味。つまり『あなたたちは死ですか？』という言葉遊び。エレメンタリースクール（小学校）の子どもが考えた程度でしょ」